M. Schwellig
Bastian
Villa
Wilma
Philippa Matzkowski
Clarissa von Rosenberg

Kira Gembri

Die Schule der Wunderdinge

Simsala Schirm

Weitere Bücher von Kira Gembri im Arena Verlag:
Die Schule der Wunderdinge.
Hokus Pokus Kerzenständer (Band 1)

Kira Gembri
wurde 1990 als Zweitälteste von fünf Geschwistern in Wien geboren. Seit ihrem Studium der Vergleichenden Literaturwissenschaft schreibt sie Romane für Kinder und Jugendliche. Ihre Kaffeemaschine nörgelt gern, der Futternapf ihres Katers leert sich wie von Zauberhand, und die Haarspangen ihrer kleinen Tochter können sich unsichtbar machen. Grund genug, endlich mal Geschichten über Wunderdinge zu Papier zu bringen.

Marta Kissi
wurde in Warschau geboren und arbeitet heute als Illustratorin in London. Sie studierte Illustration und Animation an der Kingston University und Communication Art und Design am Royal College of Art. Sie liebt es, mit ihren Illustrationen Geschichten zum Leben zu erwecken, indem sie charmante Charaktere entwirft – und die wunderbaren Welten, in denen sie leben. Sie teilt sich ein Studio mit ihrem Mann James.

Kira Gembri

Die Schule der Wunderdinge

Simsala Schirm

Mit Illustrationen
von Marta Kissi

Ein Verlag in der Westermann Gruppe

1. Auflage 2022

Rottendorfer Straße 16, 97074 Würzburg

Text: Kira Gembri
Cover und Innenillustrationen: Marta Kissi
Lektorat: Anna Wörner
Umschlaggestaltung: Juliane Lindemann

Gesamtherstellung: Westermann Druck Zwickau GmbH
Printed in Germany

ISBN 978-3-401-60575-3

Besuche den Arena Verlag im Netz:
www.arena-verlag.de

Das Versprechen der Wunderschüler

Wir wollen wahrhaftig
Wunderschüler werden.

Wir wollen wissen,
wie Wunderdinge wirken.

Wir wollen widerliche
Wunderdiebe wegjagen.

Wir wollen weise, warmherzige
Wünsche wahrmachen.

1. Kapitel

Tilly Bohnenstängel hatte Aufräumen noch nie leiden können. Dummerweise legten ihre Eltern aber sehr viel Wert auf Ordnung, und Tilly sorgte mit ihren Erfindungen immer wieder für Chaos. Einmal hatte sie zum Beispiel alle Fahrräder der Familie Bohnenstängel auseinandergenommen, um ein Bettmobil zu bauen. Mit ihrer Seifenblasenkanone hatte sie das Wohnzimmer in Schaum versinken lassen, und einem Frühstücksautomaten verdankte sie eine Überschwemmung mit Kakao. Man konnte also sagen, dass Tilly schon sehr viel Erfahrung im Putzen und Sortieren hatte – aber ein Haus voller magischer Gegenstände war auch für sie eine Herausforderung.

»Da ist noch ein Fleck«, jammerte der altmodische Spiegel, den Tilly soeben mit einem Staubtuch abrieb. »Genau da!«

»Wo?«, fragte sie. Dann fiel ihr ein, dass der

Spiegel ja keine Hände besaß und ihr deshalb nichts zeigen konnte.

»Wie kannst du den bloß übersehen?!« Der Spiegel veränderte Tillys Spiegelbild, sodass es aussah, als hätte sie Tomaten auf den Augen.

Seufzend bearbeitete Tilly ihn weiter mit dem Staubtuch. Seit zwei Wochen ging sie nun in Wilma Wirbeligs Wunderschule, und genauso lange waren sie und ihre fünf Mitschüler bereits damit beschäftigt, die Wundervilla sauber zu machen. Um genau zu sein, putzten sie nur das Erdgeschoss, in dem sich eine Küche, ein kleiner Salon und eine Art Werkstatt mit vielen Tischen und Regalen befanden. Der erste Stock war Wilmas Wohnbereich, um den sich die Wunderlehrerin selbst kümmerte, und den Dachboden hatten die Kinder bisher nie betreten dürfen.

»Glaubt mir, dafür seid ihr noch nicht bereit«, hatte Wilma gesagt und ihnen dabei mit ihren grüngoldenen Augen zugezwinkert.

Doch auch im untersten Stockwerk gab es mehr als genug zu tun. Vor allem die Werkstatt war vollgestopft mit Gegenständen – gewöhnlichen und magischen –, die jede Menge Staub angesetzt hatten: Teppiche, die niesen mussten, wenn Tilly sie ausklopfte; altmodische Kleider, die sie mit ihren Ärmeln kitzelten; verbeulte Kessel, die beim Polieren fürchterlich falsch vor sich hin summten … und noch unzählige andere Dinge, an die kein *vernünftiger* Mensch jemals geglaubt hätte. Tilly konnte sich daran kaum sattsehen, aber natürlich war es auch sehr anstrengend, zwischen so vielen Gegenständen für Ordnung zu sorgen. Vor allem, weil diese Gegenstände oft gar nicht hilfsbereit waren.

»Wieso polierst du mich nicht gleich mit einem vergammelten Fisch?«, quäkte der Spiegel jetzt.

»Oder mit einem schimmligen Blumenkohl? Noch schmutziger kann ich ja kaum werden!«

Tilly überlegte noch, wie sie ihn besänftigen könnte, als ihre besten Freunde in die Werkstatt kamen. Das heißt, eigentlich wurden sie eher hereingezerrt. Die beiden versuchten nämlich, den Boden zu fegen, und die Besen in der Wundervilla hielten nichts von langweiligem Hin und Her. Stattdessen drehten sie sich im Kreis, malten Schleifen und Spiralen, und ihre Benutzer tanzten wohl oder übel mit.

»Bist du – *wuhuiii* – bald fertig?«, quietschte Pip, die eigentlich Philippa Matzkowski hieß. Sie war sehr klein für ihr Alter und hatte Mühe, sich an ihrem Besen festzuklammern. Ihre steif geflochtenen schwarzen Zöpfe wackelten heftig, als sie zweimal im Kreis wirbelte.

»Wilma lässt fragen, ob wir alle in die Küche kommen«, erklärte Nico de Luca. Er hatte sich mit ausgestreckten Armen auf die Bürste seines Besens gestellt und sah ein bisschen so aus, als würde er Skateboard fahren. Passend dazu trug er wie immer einen lässigen Kapuzenpullover und große Kopfhörer.

»Fertig? Von wegen!«, zeterte der Spiegel. »Denk doch an meinen *Fle-heck!*«

»Der ist aber längst we-heg!«, hätte Tilly am liebsten erwidert, konnte sich allerdings noch beherrschen. In den letzten Tagen hatte sie gelernt, dass viele Wunderdinge sehr leicht beleidigt waren. »Ich kümmere mich später weiter darum«, versprach sie und steckte das Staubtuch in den Bund ihrer verbeulten Lieblingsjeans. Zum Dank verpasste der Spiegel ihrem Spiegelbild eine riesige Schweinenase.

Mit etwas Anstrengung brachten Pip und Nico ihre Besen zum Wenden und begleiteten Tilly aus der Werkstatt. Auf dem Flur trafen sie die anderen Wunderschüler, die im Salon neben der Küche beschäftigt gewesen waren.

»Mir reicht's«, zischte Clarissa von Rosenberg und schüttelte ihr honigblondes Haar nach hinten. »Wehe, wenn wir jetzt noch irgendwas sauber machen müssen! Zu Hause muss ich nie aufräumen, das erledigen die Wunderdinge für mich. Und ausgerechnet hier in der Wundervilla soll es umgekehrt sein?!«

Tilly wechselte vielsagende Blicke mit Nico und

Pip. Die drei wussten genau, in was für einem prunkvollen Haus Clarissa wohnte und dass sie dort von allen Seiten bedient wurde. Ihr Vater war nicht nur der Bürgermeister von Blasslingen, sondern hatte auch eine Vorliebe für moderne, perfekt funktionierende Wunderdinge. Niemals hätte er so widerspenstige oder altmodische Gegenstände besitzen wollen, wie sie sich in der Wundervilla tummelten.

»Na ja«, kam es zaghaft von Bastian Halbmeier. »Zu den Aufgaben eines Wunderhüters gehört es nun mal, Wunderdinge zu schützen und zu pflegen ...« Sofort brach er ab, als Clarissa ihn giftig anschaute, und wurde dunkelrot im Gesicht. Der schüchterne Bastian wollte mit niemandem Streit anfangen, schon gar nicht mit Clarissa.

»Also, ich bin ganz ihrer Meinung«, sagte Gabriel Achilles, der sechste Wunderschüler, und rückte seine eckige Brille zurecht. Dann hielt er einen Zeigefinger hoch. »Es wird Zeit, dass Wilma uns mal was beibringt. Immerhin verzichte ich auf den Schachklub, um hier dabei zu sein! Ordnung ist ja schön und gut, aber ich hatte erwartet, dass wir in der Wunderschule vor richtige Herausforderungen gestellt –«

Er stoppte verwirrt, als Pip zu glucksen begann. Auch Tilly konnte sich das Lachen nur schwer verkneifen. Direkt hinter Gabriel war eine kleine Gestalt aufgetaucht: Lux, Tillys magischer Kerzenständer, der mit seinen »Armen« Gabriels wichtigtuerische Haltung nachmachte. Dann puffte er ein paar Rauchwölkchen in die Luft, die so aussahen wie *Z-z-z*. Das tat er immer, wenn er etwas stinklangweilig fand.

»Na, na«, ertönte eine mahnende Stimme. »Wer wird denn da so unhöflich sein?«

Gabriel fuhr herum. Aus der Küchentür lugte ein Kopf voller Locken, die wild nach allen Seiten abstanden. *Lila* Locken, um genau zu sein. Wilma Wirbeligs Haare wurden nur dann unscheinbar braun, wenn sie sie mit ihrer magischen Spange zu einem Dutt zusammensteckte. Auf diese Weise getarnt, arbeitete sie in der Blasslinger Grundschule als Hausmeisterin. Jedenfalls solange sie nicht in ihrer Wundervilla zu tun hatte.

Peinlich berührt, trat Gabriel von einem Fuß auf den anderen. Wahrscheinlich glaubte er, Wilma hätte seine Beschwerde mit angehört. »Ich, äh, wollte nur vorschlagen, dass ...«, begann er, doch da kam

Wilma bereits in den Flur, bückte sich und erwischte Lux an seinem metallenen Sockel.

»Bleib du mal lieber bei deiner Besitzerin, du frecher kleiner Kerl«, sagte sie. »Meine Wunderschüler bekommen nämlich gleich eine ganz besondere Aufgabe!«

Clarissa verzog das Gesicht. »Was denn, die Fenster putzen? Oder vielleicht den Fußboden schrubben?«

Lachend drehte Wilma sich einmal im Kreis, sodass ihr Kittel mit den unzähligen Taschen um sie herumwirbelte. »Aber nein. Ihr habt schon so viel geschafft – daran erkenne ich, dass die Wunderdinge bei euch in guten Händen sind! Außerdem war das Putzen auch zu eurem eigenen Besten. Was ihr dabei gelernt habt, wird euch vielleicht schon bei eurer nächsten Aufgabe sehr nützlich sein!«

»Und wie sieht diese Aufgabe aus?«, fragte Nico. Mit seiner typischen finsteren Miene und der Narbe in der linken Augenbraue wirkte er oft abweisend, doch jetzt schien sein Gesicht vor Spannung zu leuchten.

»Das erzähle ich euch, wenn wir am Küchentisch

sitzen«, raunte Wilma, und Tilly spürte, wie ihr ein wohliger Schauer den Rücken hinunterlief. Ihre neue Lehrerin schaffte es, das Wort *Küchentisch* so geheimnisvoll klingen zu lassen, als ginge es dabei um einen verwunschenen Schatz. Wahrscheinlich hätte sie auch *Klobürste* oder *Zehennagel* auf eine Weise aussprechen können, dass man unbedingt mehr erfahren wollte.

Hastig drängten sich die sechs Kinder in die Küche, in der es umwerfend duftete. Das Besondere dabei war, dass dieser Duft jeden Menschen an etwas anderes erinnerte. Wilma hatte nämlich Was-du-willst-Kekse gebacken, und die rochen und schmeckten immer nach der Speise, auf die man gerade Lust hatte.

»Greift zu!«, sagte Wilma und stellte einen vollen Teller auf den Tisch. Mit geschlossenen Augen hätte Tilly geglaubt, eine Pizza mit viel Knoblauch und geschmolzenem Käse vor sich zu haben. Das Wasser lief ihr im Mund zusammen, aber sie war zu aufgeregt, um jetzt etwas zu essen.

Nachdem alle rund um den Tisch Platz genommen hatten, breitete Wilma die Arme aus. »Meine lieben Schülerinnen und Schüler!«, begann sie feierlich. »Ihr habt bewiesen, dass die Wunderdinge und ich uns auf euch verlassen können. Deswegen ist der richtige Zeitpunkt gekommen, euch vor … eine neue Herausforderung zu stellen.« Sie grinste zu Gabriel hinüber, der ein bisschen ver-

legen mit den Schultern zuckte. Dann biss sie in einen Keks und nuschelte: »Alscho, hättet ihr vielleicht Luscht, schelbst ein Wunderding tschu erschaffen?«

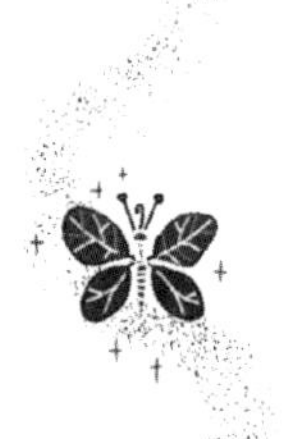

2. Kapitel

»Wie bitte?!«, keuchte Pip und riss die Augen auf. »Hast du gefragt, ob wir *selbst ein Wunderding erschaffen wollen?«*

Wilma blinzelte unschuldig. »Ja, ich dachte, das könnte euch vielleicht gefallen. Aber fühlt euch bitte nicht unter Druck gesetzt.«

»Du machst Witze!« Pip sah aus, als wollte sie gleich einen Freudentanz aufführen. »Meine Schwestern geben ständig mit ihren selbst gebauten Wunderdingen an. Wenn Pia und Maria erfahren, dass ich jetzt auch so was machen darf, kriegen sie vor Ärger grüne Pickel!« Diese Vorstellung schien Pips Laune sogar noch zu heben. Begeistert strahlte sie Tilly an, und Tilly strahlte zurück. Wunderdinge zu pflegen, war schon unheimlich toll, aber gar kein Vergleich dazu, selbst eines zu erschaffen. *Das* würde sich wirklich so anfühlen wie Zauberei!

»Was müssen wir tun?«, fragte Tilly eifrig. »Wie

verwandelt man denn ein gewöhnliches Ding in ein magisches?«

»Damit.« Wilma durchwühlte ein paar ihrer Kitteltaschen, dann hielt sie ein kleines Fläschchen hoch, das Tilly bekannt vorkam. Ja natürlich: Dieses Mittel hatte Wilma benutzt, um Clarissas magischen Schmetterling zu polieren. Clarissa hatte den armen mit ihrer unsanften Art ganz schön zerknautscht, aber dank der schillernden Flüssigkeit sah er nun wieder so aus wie neu.

»Reine Magie«, kommentierte Nico leise. »Mein Vater hat so was mal von einer seiner Forschungsreisen mitgebracht.«

»Richtig«, bestätigte Wilma und drehte das Fläschchen zwischen den Fingern, sodass es in allen Regenbogenfarben leuchtete. »Sie erscheint, wenn ein altes Wunderding beschließt, in den Ruhestand zu gehen. Es ist nämlich sehr anstrengend, bis in alle Ewigkeit wunderbar zu sein, wisst ihr? Sobald sich ein Wunderding in einen gewöhnlichen Gegenstand verwandelt hat, steigt seine Magie wie ein glitzerndes Wölkchen heraus und sammelt sich als Tropfen an der Oberfläche. Man muss sie schnell einsammeln, sonst verdunstet sie. Umso wichtiger ist es, dass ich auf dem Dachboden immer den Überblick behalte. Mit der Magie, die ich dort sammle, kann ich andere Wunderdinge erschaffen oder reparieren.«

»Aber irgendwie muss das doch angefangen haben«, wandte Gabriel stirnrunzelnd ein. »Ich meine, jemand hat irgendwann das allererste Wunderding gebaut. Woher hatte er oder sie die Magie dafür?«

Bedauernd zog Wilma die Schultern hoch. »Dieses Wissen ist leider verloren gegangen. Deshalb sind meine Vorräte auch so wertvoll. Und euch allen ist klar, vor wem wir sie um jeden Preis beschützen müssen, oder?«

»W-Wunderdiebe!« Das Wort schien Bastian so nervös zu machen, dass er stotterte. Auch Tilly bekam bei dem Gedanken an diese zwielichtigen Menschen eine Gänsehaut. Eine Wunderhüterin wie Wilma konnte mit genügend Fleiß und Einfallsreichtum jeder werden, aber Wunder*diebe* wurden mit der seltenen Gabe geboren, magische Gegenstände auszusaugen. So konnten sie übernatürliche Kräfte sammeln – aber die verblassten wieder, wenn sie nicht regelmäßig neue Magie tankten.

»So ein Fläschchen könnten die Diebe einfach leer trinken, oder?«, fragte Tilly. »Ist das leichter für sie, als einem Wunderding die Kraft zu rauben?«

Wilma nickte ernst. »Wenn ein Wunderding ausgesaugt wird, geht nicht nur seine Magie auf den Wunderdieb über, sondern auch seine Fähigkeiten: Blitze schießen, in die Zukunft schauen, gigantische Kaugummiblasen machen und so weiter. Aber manchmal möchte der Wunderdieb diese Fähigkeiten gar nicht haben. Vor allem, weil er immer häufiger Magie nachtanken muss, je mehr Fähigkeiten er besitzt.«

»So wie ein Handy den Akku schneller verbraucht, wenn man viele Apps geladen hat?«, erkundigte sich Gabriel.

»Akku. Apps. Genau«, sagte Wilma und räusperte sich. Handys schienen nicht gerade ihr Spezialgebiet zu sein. »Jedenfalls«, fuhr sie dann etwas lauter fort, »kostet es wohl viel Konzentration, die unerwünschten Fähigkeiten wieder loszuwerden. Reine

Magie hingegen macht einen Wunderdieb einfach nur stärker, bis er irgendwann fast unbesiegbar wird.«

»Kein Wunderdieb darf jemals hier reinkommen, alles klar«, sagte Clarissa, zog den magischen Schmetterling aus ihren Haaren und ließ ihn ungeduldig von einer Hand in die andere flattern. »Aber wie verwendet man denn nun diese reine Magie? Tropft man etwas davon auf irgendeinen Gegenstand, und das war's?«

Wilma schüttelte so heftig den Kopf, dass ihre Locken wild auf und ab hopsten. »Nein, ganz und gar nicht! Ob die Magie richtig wirkt, liegt in erster Linie bei euch. Ihr müsst eine sehr genaue Vorstellung von dem Ergebnis haben, während ihr sie auftragt, sonst klappt es nicht. Außerdem müsst ihr fest entschlossen sein! Fantasie und Entschlossenheit, das sind beinahe die wichtigsten Zutaten.«

»Und welche ist die wichtigste?«, bohrte Gabriel nach. Zum ersten Mal erlebte Tilly ihn ein wenig nervös – dabei hatte er immer die besten Noten und besaß außerdem einen Zauberwürfel, der ihn mit genialen Ideen versorgte.

»Wirst du gleich sehen.« Wilma griff hinter sich

zur Anrichte, grapschte wahllos nach irgendeinem Ding und hielt es Gabriel vor die Nase. »Betrachte diesen Gegenstand ganz genau«, sagte sie eindringlich. »Versuche, eine Verbindung zwischen euch beiden herzustellen. Möchte er dir vielleicht etwas mitteilen?«

»Der ... Kartoffelschäler?« Gabriel starrte auf das leicht verrostete Messer, dann schaute er Wilma an, als wollte sie sich über ihn lustig machen.

»Ja«, beharrte sie. »Lausche tief in dich hinein! Hast du denn gar kein besonderes Gefühl bei seinem Anblick?«

»Äh, nicht so richtig.«

»Dann ist er auch nicht das passende Material für dein Wunderding.« Bedauernd legte Wilma den Kartoffelschäler wieder auf die Anrichte. »Wenn ihr keine Verbindung zwischen euch und einem Gegenstand spürt, ist es sehr unwahrscheinlich, dass ihr ihm besondere Fähigkeiten entlocken könnt. Die wichtigste Zutat ist also Gefühl.«

Lux, der ungewöhnlich brav gelauscht hatte, kuschelte sich an Tillys Bein und puffte ein paar Herzchen in die Luft. *Wir haben auf jeden Fall eine besondere Verbindung!*, schien er damit sagen zu

wollen. Gerührt setzte Tilly ihn auf ihre Schulter, dann fragte sie: »Das heißt, wenn man sich nicht gut genug konzentriert und auch nicht das richtige Gefühl hat, passiert einfach gar nichts?«

»Nun ja, im besten Fall habt ihr dann bloß ein wenig Magie verschwendet«, sagte Wilma und wiegte den Kopf. »Manchmal entsteht allerdings auch etwas, das weder gewöhnlich noch wunderbar ist, sondern vollkommen verrückt. Wir nennen das ein Wirrwarrding. So was kann durchaus gefährlich werden … aber keine Sorge«, fügte sie hinzu, als Bastian erschrocken den Mund aufklappte. »Erstens bekommt ihr von mir nur klitzekleine Mengen Magie, und zweitens bin ich ja bei euch. Sollte irgendetwas schiefgehen, kriegen wir das sicher schnell in den Griff.«

Wilma schob einen Ärmel ihres Kittels hoch und schaute auf ihre Armbanduhr. Jedenfalls glaubte Tilly, dass dieses Ding eine Uhr war, obwohl es viel zu viele Zeiger und zwei abstehende Ohren hatte. »Für heute habt ihr genug geschuftet, aber ich werde eure Eltern anrufen und ihnen Bescheid geben, dass ihr morgen den ganzen Nachmittag beschäftigt sein werdet. Überlegt euch bis dahin schon mal, was ihr bauen wollt! In zwei Tagen veranstalten wir dann eine Präsentation … oder noch besser: Wir machen einen kleinen Wettbewerb daraus! Wer meine Aufgabe am besten erfüllt, bekommt von mir eine Belohnung.«

»Was denn?«, fragte Pip. Sie rutschte auf ihrem Stuhl herum, und ihre Zöpfe schienen noch steifer vom Kopf abzustehen als sonst. »Oh, bitte, bitte, verrat es uns!«

»Nein, das werdet ihr dann schon sehen«, wehrte Wilma lächelnd ab. »Doch ihr wisst ja, wie ich immer gerne sage: *Seid ihr bereit, euch verzaubern zu lassen?«*

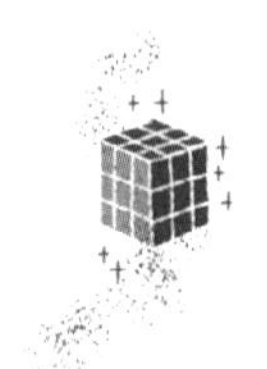

3. Kapitel

An diesem Abend schrieb Tilly eine Liste. Das tat sie immer, wenn sie ihre Gedanken ordnen wollte, und gerade herrschte in ihrem Kopf das absolute Chaos. Es war nicht etwa so, als würde ihr nichts einfallen – im Gegenteil. Seit sie von der Schule nach Hause gekommen war, sprudelten die Ideen aus ihr heraus wie Wasser aus einem Springbrunnen:

Ein Wecker, der beim Klingeln heiße Schokolade kocht.

Eine Brille, die sofort ein Foto macht, wenn man vor Staunen die Augen aufreißt.

Ein Rucksack, der seinen Inhalt federleicht werden lässt.

Ein Pinsel, der jede Farbe annimmt, auf die man damit tippt.

Kopfhörer, die einem immer die passende Musik vorspielen (so als wäre das Leben ein Film).

Schuhe mit Heiz- und Kühlfunktion und ausfahrbaren Sprungfedern.

Das alles hätte Tilly echt cool gefunden, aber konnte sie so etwas als neue Wunderschülerin bereits schaffen? Und was davon würde Wilma am besten gefallen? Sosehr Tilly ihre neue Lehrerin auch mochte – eigentlich wusste sie noch viel zu wenig über sie.

»Eine Frage«, sagte Tilly, als ihre Mutter hereinkam, um ihr einen Teller Haferkekse zu bringen. Lux saß gut versteckt unter dem Schreibtisch, sodass Frau Bohnenstängel ihn nicht bemerkte. »Wenn du morgen Geburtstag hättest, was wäre dann dein größter Wunsch?«

»Eine beigefarbene Weste wäre nicht schlecht«, sagte Frau Bohnenstängel, die gerade einen beigefarbenen Pullover trug. »Oder ein Paar neue Strumpfhosen …«

»Mama! Ich meine etwas ganz Besonderes«, protestierte Tilly.

Frau Bohnenstängel tippte nachdenklich mit dem Zeigefinger gegen ihre Unterlippe, dann hellte sich ihre Miene auf. »Es gibt wiederverwendbares Backpapier, das wollte ich mir schon lange besorgen!«

Seufzend beugte sich Tilly wieder über ihr Notizbuch. Herr und Frau Bohnenstängel waren zwar sehr nette Eltern, aber mit der quirligen, schrägen Wilma hatten sie ungefähr so viel gemeinsam wie zwei Stockenten mit einem Papagei. Sie wussten auch nichts von der Wundervilla. Tilly hätte ihnen zwar gerne alles erzählt, aber leider war das ausgeschlossen.

Clarissas Vater, der Bürgermeister von Blasslingen, fand es schon empörend genug, dass *Tilly* eingeweiht worden war. Er hatte sogar von Wilma verlangt, ihr alle magischen Erinnerungen mit einem Gedächtnissauger wieder wegzunehmen. Die Wunderlehrerin war strikt dagegen gewesen, aber

sie hatte versprechen müssen, dass niemand sonst von dem Geheimnis erfuhr.

Also blieb ihr auch diesmal keine andere Wahl, als sich für Tillys Eltern eine Ausrede einfallen zu lassen.

»Viel Spaß bei deinem Erdkunde-Projekt!«, verabschiedete sich Frau Bohnenstängel am nächsten Morgen von ihrer Tochter.

»Verschiedene Gesteinsarten zu erforschen, klingt wirklich interessant!«, fügte Herr Bohnenstängel hinzu.

Offenbar hatten die beiden am vergangenen Abend einen Anruf von Wilma bekommen. Tilly versuchte, ganz harmlos zu lächeln, dann machte sie sich auf den Weg zur Schule. Insgeheim fühlte sie sich fast so mies, als stünde ihr tatsächlich ein Projekt zum Thema *Gesteinsarten* bevor. Was sollte sie bloß tun, wenn sie von früh bis spät vergeblich auf einen Geistesblitz wartete? Sicher glaubten Clarissa und Gabriel dann wieder, sie wäre an der Schule der Wunderdinge fehl am Platz!

»Ist euch schon was eingefallen?«, fragte Tilly sofort, als sie Pip und Nico traf. Seit ihrem ersten gemeinsamen Abenteuer warteten die drei jeden Morgen aufeinander, um zusammen in die Klasse zu gehen.

»Ja«, sagte Pip düster. »Mir ist eingefallen, dass ich immer furchtbar schlecht in Wettbewerben bin.«

Nico zögerte, dann öffnete er seinen Rucksack und holte ein zierliches kleines Flugzeug hervor. Es bestand aus Papier, Strohhalmen und einem Gummiband, das man verdrehen konnte. Wenn man es losließ, drehte es sich wieder zurück und trieb dadurch den Propeller an.

»Mein Papa hat mir beigebracht, wie man solche Flugzeuge baut«, sagte Nico. »Vielleicht schaff ich es, dass es ähnlich gut fliegt wie Clarissas Schmetterling, Loopings macht und so. Aber ...« Er brach ab und steckte den Papierflieger unsanft wieder in seinen Rucksack. »Das passt eigentlich nicht richtig zu Wilma, also vergesst es wieder.«

Tilly biss sich auf die Unterlippe. Nicos Vater hatte magische Gegenstände auf der ganzen Welt erforscht, doch von seiner letzten Reise war er nicht zurückgekommen. Kein Wunder, dass Nico oft mit seinen Gedanken woanders war! Gerade überlegte Tilly, ob sie etwas Aufmunterndes zu ihm sagen sollte, da klingelte es zum Unterricht. Eigentlich war es eher ein lustloses Tuten, das perfekt zu ihrem Klassenlehrer, Herrn Klausner, passte. Der kam soeben herbeigeschlurft und sagte mit der langweiligsten Stimme, die man sich vorstellen konnte: »Jetzt bitte rasch ... auf eure Plätze. Wir wollen uns heute ... in aller Ruhe ... den Kommaregeln widmen!«

Was dann folgte, war ein typischer Vormittag

an der Blasslinger Grundschule. Genauer gesagt, war der Vormittag so öde, dass Tilly zu spüren glaubte, wie sie innerlich verschrumpelte. Normalerweise hätte sie sich mit ihrem Notizbuch die Zeit vertrieben, aber nachdem sie schon so viele Ideen aufgelistet und dann wieder durchgestrichen hatte, fühlte sich ihr Kopf merkwürdig leer an.

Ihre Laune wurde auch nicht gerade besser, als sie am Nachmittag mit den anderen Wunderschülern in der Besenkammer zusammentraf. Von dort aus führte eine verborgene Treppe bis zum Garten der Wundervilla. Um den Eingang sichtbar zu machen, musste man die Wand neben dem Putzmittel-Regal mit einem Staubwedel kitzeln. Wenn dann mit einem Kichern die Geheimtür erschien, lachte Tilly normalerweise mit – aber diesmal war ihre Vorfreude auf die Wundervilla längst nicht so groß wie sonst.

Gabriel hingegen grinste von einem Ohr zum anderen. »Ich hab gestern schon angefangen, mein Wunderding zu bauen, und bin richtig gut vorangekommen«, verkündete er. »Ihr auch?«

Clarissa reckte die Nase in die Luft. »Was für eine Frage«, erwiderte sie kühl.

»Mhm, ich hab auch was«, sagte Bastian und wirkte dabei ungewöhnlich vergnügt.

Tilly musste schlucken. Wie es aussah, waren sie und ihre Freunde die Einzigen, die mit der Aufgabe Schwierigkeiten hatten! Während die anderen die schmale Treppe hinaufstiegen, fischte sie schnell ihren Kerzenständer aus dem Rucksack und wisperte ihm zu: »Jetzt wird es höchste Zeit für eine gute Idee! Fällt dir vielleicht was Tolles ein?«

Lux überlegte einen Moment, die mittlere Kerze leicht schief gelegt. Dann puffte er ein quadratisches Rauchzeichen in die Luft, das sich gleich darauf zu einem Dreieck zusammenfaltete. Tilly wusste genau, was das bedeuten sollte: Servietten. Die waren nämlich Lux' Lieblingsspeise.

Mit einem schwachen Lächeln setzte Tilly ihn auf ihre Schulter. »Da finden wir hoffentlich noch was Besseres«, sagte sie und beeilte sich, die anderen einzuholen.

Hintereinander kletterten sie durch die Öffnung am Ende der Treppe und liefen dann einen Weg aus Steinplatten entlang, der durch einen verwilderten Garten führte. Als die Villa mit ihren Erkern, Türmchen und efeubewachsenen Mauern in Sicht kam, kniff Tilly überrascht die Augen zusammen. An der Eingangstür hing ein Zettel, der sich aus der Nähe als Brief entpuppte. Tilly erkannte Wilmas Handschrift, aber die Buchstaben sahen so schief aus, als wäre die Wunderlehrerin beim Schreiben in furchtbarer Eile gewesen.

»Oh verflixt. Das kann nichts Gutes bedeuten«, meinte Pip, die den Zettel als Erste erreicht hatte.

»Geh zur Seite, Piepmatz«, sagte Clarissa und drängte Pip ein bisschen nach rechts. Dann las sie laut, was auf dem Zettel stand:

Ihr Lieben, ich habe eine beunruhigende Nachricht erhalten. In einer benachbarten Stadt verschwinden neuerdings Wunderdinge – dieser Sache muss ich unbedingt auf den Grund gehen. Morgen bin ich aber hoffentlich wieder zurück, dann machen wir alles wie besprochen.
Bleibt wunderbar! Eure Wilma.

Arena
Kinderbuch Welten

Kira Gembri
Die Schule der Wunderdinge, Bd. 1
Hokus Pokus Kerzenständer
€ 12,00 [D] • Ab 8
978-3-401-60574-6

Willkommen an der Schule der Wunderdinge! Hier erhält jedes Kind einen magischen Gegenstand, den es beschützen muss. Einen mechanischen Schmetterling, einen Zauberkompass, ja sogar einen Tarnumhang Das kann ja nur ein wundersames Schuljahr werden! Doch als Tilly Bohnenstängel den Kerzenständer Lux überreicht bekommt, hält sich ihre Begeisterung in Grenzen. Denn Lux ist nicht nur frech, er kokelt auch alles an. Kaum, dass Tilly ihrem neuen magischen Freund näher kommt, passiert das Undenkbare: Lux ist verschwunden! Und der einzige Hinweis für Tilly und ihre Freunde Pip und Nico ist ein rauchig-kokeliges S-O-S!

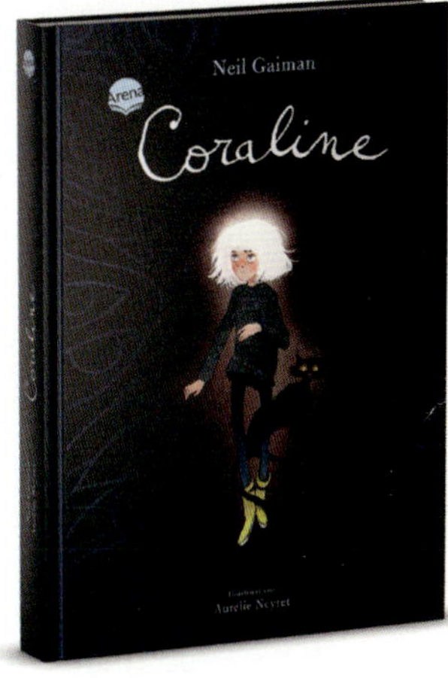

Neil Gaiman
Illustriert von
Aurélie Neyret
Coraline
€ 15,00 [D] • Ab 10
978-3-401-60646-0

Coraline ist mit ihren Eltern in ein düsteres altes Haus gezogen. Die Nachbarn sind reichlich merkwürdig: Der verrückte Herr mit Schnurrbart erzählt von seinem Mäusezirkus, die schrulligen Schauspielerinnen warnen sie vor dem tiefen Brunnen im Garten. Eines Tages stößt sie im Haus auf eine zugemauerte Tür. Und sieht dort dunkle Schatten verschwinden. Was verbirgt sich dahinter?

Emma Flint
Für mein Leben seh ich kunterbunt (wenn ich nur erst den Durchblick hab)
€ 13,00 [D] • Ab 10
978-3-401-60584-5

Für die Klassenfahrt hat sich Ella bestes Benehmen verordnet. Denn seit dieser dummen Sache mit dem Notausgangsschild haben die Lehrer sie total auf dem Kieker. Für Ella, die Blamagen-Expertin, eine echte Herausforderung! Besonders als sich ihre beste Freundin Fee verliebt und plötzlich nur Unsinn im Kopf hat. Die Katastrophen sind vorprogrammiert! Und dann taucht auch noch dieser Blödmann Jannis in Ellas Schule auf. 699 Peinlichkeiten später wünscht sich Ella bloß eines: von vorne anfangen! Als Ella tatsächlich in der Zeit zurückspringt, hat sie endlich den Durchblick und kann alles besser machen. Oder etwa doch nicht?

Tanja Voosen
M.A.G.I.K., Bd. 2
Das Chaos trägt Krone
€ 12,00 [D] • Ab 9/10
978-3-401-60619-4

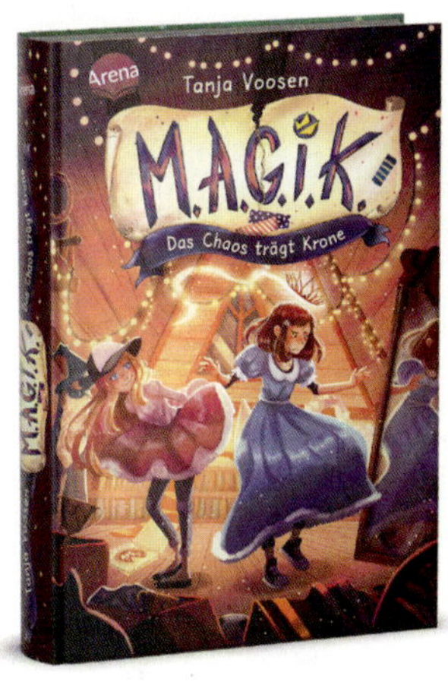

Das Prinzessinnenchaos geht weiter! Wegen der Unruhen in ihrem Königreich muss Prinzessin Romina noch länger im Schutzprogramm von M.A.G.I.K. bleiben, für das Neles Papa arbeitet. Und obwohl sie Neles Leben ganz schön auf den Kopf stellt, ist Nele zuerst sehr froh, dass ihre neue Freundin bei ihnen bleiben kann. Aber als Romy der Theater-AG beitritt, übertreibt sie es mal wieder im Nele-Blamieren. Auch Neles bester Freund Luis ist plötzlich komisch und scheint ihr irgendetwas zu verheimlichen. Tolle Freunde hat sie da! Doch als sich mysteriöse Unfälle bei den Theaterproben häufen, müssen die Freunde zusammenhalten, denn nur so finden sie heraus, wer dahintersteckt!

Sabine Zett
Chilly Wuff, Bd. 1
Die Welt liegt mir zu Pfoten
€ 12,00 [D] • Ab 8
978-3-401-60565-4

Dass in Chilly ein echter Star steckt, weiß ihre Menschenfamilie schon lange. Jetzt erfährt davon auch der Rest der Welt. Als Frauchen Lavinia ein Video von ihrer letzten Trösteaktion auf Instagram postet, wird Chilly über Nacht berühmt! Der Mischlingshündin gefällt das ganz schön gut: Denn mit jedem Like folgt auch ein Leckerli. Um gleichzeitig die Probleme ihrer Familie zu lösen und ihre Follower nicht zu enttäuschen, ist jedoch ein besonderes Hundetalent gefragt ... Doch für Chilly kein Problem: Schließlich liegt ihr die ganze Welt zu Pfoten!

Jörg Steinleitner
Die Barfuß-Bande und die geklaute Oma, Bd. 1
€ 13,00 [D] • Ab 8
978-3-401-60475-6

Hier riecht's nach Abenteuer: Sommerferien auf dem Land sind manchmal ziemlich kriminell – denn wo gibt's bitteschön eine verschwundene Oma und gleich noch einen echten Schatz und acht Barfüße – Jörg Steinleitner entführt seine Leser an einen echten Wohlfühlort, an dem Abenteuer noch wahr werden. Kunterbunt und mächtig cool inszeniert von Bestseller-Illustratorin Daniela Kohl.

Ina Brandt
Eulenzauber, Bd. 14
Der goldene Hirsch
€ 9,00 [D] • Ab 8
978-3-401-60461-9

Nur noch einmal schlafen, dann geht's los! Flora und ihre Freundin Miri fahren mit ihrer Klasse ins Schullandheim. Gruselgeschichten am Lagerfeuer, eine Nachtwanderung – Flora kann sich nichts Schöneres vorstellen. Doch dann erfährt sie, dass Forscher im umliegenden Wald Fotofallen verstecken, um einem ganz besonderen Tier auf die Spur zu kommen: einem Hirsch mit goldenem Geweih! Flora will ihn warnen und ruft ihre Zaubereule Goldwing herbei. Aber die Magie des Hirsches entpuppt sich als gefährlich. Und plötzlich steht viel mehr auf dem Spiel, als Flora ahnt ...

Jürgen Banscherus
Ein Fall für Kwiatkowski, Bd. 29
Geheimnis unter Wasser
€ 8,00 [D] • Ab 7
978-3-401-71837-8

Urlaub für Kwiatkowski! Der Detektiv verbringt mit seiner alten Freundin Olga und ihrer Nichte Marie die Sommerferien auf Kreta. Doch als sein Kollege Herakles ihn um Hilfe bittet, zögert Kwiatkowski keine Sekunde. Seit Wochen fängt Herakles' Onkel einfach keine Fische für sein Restaurant. Wenn das so weitergeht, ist er bald pleite! Wohin sind die Fische nur verschwunden? Und wer hat sie vertrieben? Zusammen mit Herakles und Marie beginnt Kwiatkowski eine abenteuerliche Ermittlung auf dem Meer.

Katja Brandis
Seawalkers, Bd. 5
Filmstars unter Wasser
€ 14,00 [D] • Ab 10
978-3-401-60529-6

Seit Kurzem sind Tiago und Shari zusammen und schon wartet die nächste Herausforderung auf die beiden. Ihre Mitschüler an der Blue Reef High drehen einen Film – und Tiago soll die Hauptrolle spielen! Seine Filmpartnerin wird ausgerechnet Python-Wandlerin Ella, die Tochter der kriminellen Anwältin Lydia Lennox. Während Tiago mit Ella vor der Kamera steht, bekommt Shari unversehens die Chance, an einem echten Filmset zu drehen! Kann das gutgehen?

Alice Pantermüller / Daniela Kohl
Mein Lotta-Leben, Bd. 18
Im Zeichen des Tapirs
€ 12,00 [D] • Ab 9
978-3-401-60505-0

In Lottas Klasse steht nach den Herbstferien »Astronomie« auf dem Stundenplan. Während Paul vor lauter Begeisterung schon eine Geburtstagsfeier in der Sternwarte plant, ist Lotta eher skeptisch. Auch weil Cheyenne »Astronomie« mit »Astrologie« verwechselt und sich jetzt ständig mit Horoskopen beschäftigt. Was aber noch schlimmer ist: Lottas beste Freundin muss in den Herbstferien mit ihrer Familie in den Harz reisen. Und Paul und Rémi sind nur noch mit ihrem großen Astronomie-Projekt beschäftigt. Dabei braucht Lotta doch Hilfe dabei, herauszufinden, woher nachts die komischen Geräusche kommen ... Ist ihr etwa ein Alien auf der Spur?

Stefanie Taschinski
Mit Bildern
von Nina Dulleck
Die kleine Dame, Bd. 1
€ 16,00 [D] • Ab 8
978-3-401-60556-2

Als Lilly mit ihrer Familie in das alte Haus mit der goldenen Brezel zieht ahnt sie nicht, dass im verwunschenen Hinterhof eine magische Nach barin wohnt. Die kleine Dame besitzt ein 1000jähriges Chamäleon, kann sich unsichtbar machen, beherrscht allerlei zauberhafte Handgriffe doch vor allem hat sie den Schalk im Nacken! So beginnt für Lilly ein Sommer der wunderbaren Abenteuer.

Anna Ruhe
Die Duftapotheke, Bd. 6
Das Vermächtnis der Villa Evie
€ 15,00 [D] • Ab 10
978-3-401-60598-2

Auf Luzie Alvenstein und ihre Freunde warten dunkle Zeiten: Ihr Widersacher Edgar de Richemont versucht mit allen Mitteln, in die Villa Evie einzudringen. Denn nur mit der Duftapotheke kann er seinen Plan umsetzen und das Sentifleurs-Talent auf der ganzen Welt auslöschen. Nun ist es an Luzie und Mats, ihr Zuhause und die magischen Düfte zu schützen ...

Preis- und Programmänderungen vorbehalten
Stand: November 2021 | Arena Verlag
Rottendorfer Straße 16, 97074 Würzburg
Titelblatt: Die Schule der Wunderdinge, Hokus Pokus Kerzenständer
Mit Illustrationen von Marta Kissi

Björn Berenz /
Christoph Dittert
Explorer Team
Verloren im Schloss der Gefahren
€ 10,00 [D] • Ab 8
978-3-401-60639-2

Entdecke mit Lias, Tashi und Cookie & Mojo die Geheimgänge eines Schlosses in England. Gemeinsam müsst ihr herausfinden, was es mit dem dort versteckten Schatz auf sich hat. Die einzige Spur ist das Buch, das die Zwillinge Cookie & Mojo zusammen mit dem Schloss geerbt haben. Es steckt voller Rätsel und verborgenen Botschaften. Kannst du den Explorern helfen, sie zu lösen? Aber Achtung: Versteckte Fallen und Geheimgänge sind nicht das Einzige, das euch hinter den Schlossmauern erwartet!

Trisha Kelly
Hallowstone
Der Zauber der Mitternachtsstadt
€ 15,00 [D] • Ab 10
978-3-401-60589-0

Hexen wohnen in Hallowstone und Werwölfe in den Mondbergen, so war es schon immer. Denn vermischen sich ihre Magien, wird es gefährlich. Das weiß jedes Hexenkind – auch Prue. Sie wohnt mit ihrem Vater in Hallowstone, ihre Mutter und ihr Bruder aber sind Werwölfe. Prue vermisst die beiden eines Nachts so sehr, dass sie versehentlich die magischen Schutzwälle der Stadt zerstört. Die Werwölfe stürmen herein! Zusammen mit ihren Freunden – zwei Hexen, einem Werwolf und einem echten Vampir – muss Prue die Mitternachtsstadt retten. Dazu haben sie gerade mal bis Mitternacht Zeit! Auf ihrem gefährlichen Abenteuer stößt Prue auf Hallowstones größtes Geheimnis – und das hat viel mehr mit ihr selbst zu tun, als sie sich vorstellen mag.

Jana Hoch
Pony Jamie – Einfach heldenhaft, Bd. 1
Tagebuch von der Pferdekoppel
€ 12,00 [D] • Ab 9
978-3-401-60627-9

Hallo Möhrenfreunde! Mein Name ist Jamie und ich bin ein berühmtes Dressurpferd. Also, zumindest bald, wenn die Menschen endlich erkennen, welches Talent in mir schlummert. In der Zwischenzeit muss ich noch das kleine Missverständnis klären, dass ich »aussortiert« wurde, weil ich »zu groß« sei. Statt in die Sportmannschaft des Gestüts aufgenommen zu werden, soll ich nämlich verkauft werden. Aber nicht mit mir! Auf mich warten große Aufgaben, Leute. Und daran kann mich auch nicht dieses seltsame Mädchen hindern. Jana glaubt nämlich, ein Pferdeflüsterer zu sein. Aber sie weiß ja gar nicht, mit wem sie es zu tun hat. Denn ich – ich bin der größte Menschenflüsterer aller Zeiten!

4. Kapitel

Die sechs Wunderschüler sahen einander ratlos an. »Sollen wir jetzt vielleicht wieder gehen?«, fragte Nico.

»Sie schreibt doch, wir machen alles so wie besprochen!«, entgegnete Gabriel. »Das heißt, wir präsentieren ihr morgen unsere neuen Wunderdinge!«

Tilly schüttelte zögernd den Kopf. »Glaub ich nicht. Bestimmt wollte sie, dass wir mit dem Bauen warten, bis sie zurück ist.«

»Ihr könnt ja gern schwänzen, wenn ihr wollt«, sagte Gabriel. »Aber wir anderen werden Wilma nicht enttäuschen, stimmt's?« Er schaute in die Runde, und Clarissa reckte ihre Nase noch etwas weiter nach oben. Vermutlich sollte das heißen: *Ich bin Clarissa von Rosenberg. Ich enttäusche nie jemanden.*

»Mal abgesehen davon, dass ich auch *wirklich*

gern die Belohnung gewinnen würde«, fügte Gabriel grinsend hinzu und griff nach der Türklinke.

Tilly verdrehte die Augen. Unschlüssig blieb sie mit Nico und Pip auf der Veranda stehen, während die anderen die Villa betraten. Dann stieß Pip ein Schnauben aus. »Also, ich hab keine Lust, morgen nur dumm dabei zuzuschauen, wie die anderen Wilma überraschen«, sagte sie. »Ihr vielleicht? Wenn wir uns ein bisschen anstrengen, werden wir doch hoffentlich was Brauchbares hinkriegen!«

Nico zuckte mit den Schultern. »Versuchen können wir's jedenfalls«, meinte er und schob sich in die dämmrige Diele. Tilly und Pip folgten ihm.

»Vierzehn Uhr fünfzehn!«, wurden sie von der wandelnden Uhr empfangen, die unter der Treppe wohnte und jede Viertelstunde hervorstolziert kam. Mit ihrem Ziffernblatt nickte sie in Richtung Küche. Als sie eintraten, sahen sie Gabriel, Bastian und Clarissa, die um den Küchentisch versammelt waren. Wilma hatte ihnen einen Teller Was-du-willst-Kekse vorbereitet – für Tilly dufteten sie diesmal ganz köstlich nach Lasagne –, und daneben lagen sechs winzige, schillernde Fläschchen. Jedes von ihnen hatte einen Ring am Verschluss, durch den eine dünne Kette gefädelt war.

»Reine Magie für jeden von uns!«, rief Gabriel begeistert. »Dann kann ich schon bald meinen LS zum Leben erwecken!«

»Deinen was?«, fragte Pip, griff sich einen Keks und leckte daran. Wahrscheinlich hatte sie gerade Appetit auf Eis am Stiel.

Gabriel öffnete seinen Schulrucksack und zog etwas hervor, das auf den ersten Blick wie ein Durcheinander aus Scharnieren und Brettern aussah. Nachdem Gabriel ein wenig daran herumgebastelt hatte, entpuppte es sich allerdings als Klappstuhl. »Darf ich vorstellen: der LS 2022 – ein Luxus-Sitz der Superklasse!«, sagte Gabriel stolz. »Er lässt sich nicht nur sehr klein zusammenfalten, sondern soll sich auch an jede Person anpassen, die auf ihm Platz nimmt. Das heißt, die Beine verlängern sich, die Sitzfläche wird breiter, und vielleicht kriege ich es hin, dass sogar mehrere Personen gleichzeitig auf ihm sitzen können … Yep, sollte eigentlich nicht allzu schwierig sein.« Selbstsicher warf er seinen

Zauberwürfel in die Luft, dem er diese Idee wohl zu verdanken hatte.

»Das ist gut«, musste Tilly zugeben – als Erfinderin konnte sie nicht anders, als in diesem Moment ehrlich zu sein. »Und was hast du, Bastian?«

Bastian schien nur auf diese Frage gewartet zu haben. Blitzschnell holte er eine Bastelei aus seinem Rucksack, die mit jeder Menge Klebeband umwickelt war. Tilly erkannte ein Spielzeugauto, darüber ein Taschenradio und ganz oben etwas, das an ein Blasrohr erinnerte.

»Das ist ein … Mutmachding«, erklärte Bastian, nun doch ein bisschen verlegen. Mit gesenktem Blick zupfte er an einem losen Ende Klebeband herum. »Wenn man sich schlecht fühlt, soll es herkommen und, na ja, ein lustiges Lied spielen. Und

Süßigkeiten aus dem Trichter zaubern. So lange, bis es einem wieder besser geht!«

»Ach«, sagte Clarissa und hob die Augenbrauen. »Wenn man so was nötig hat, ist das vielleicht nicht übel ... Aber lass es doch einfach mal magisch werden, dann sehen wir ja, ob es was taugt.«

Bastian machte einen stockenden Atemzug. Man merkte ihm an, dass er damit lieber noch gewartet hätte, doch Clarissa konnte er keinen Wunsch abschlagen. Während er den Verschluss von seinem Magie-Fläschchen schraubte, waren alle Augen auf ihn gerichtet. Sogar Gabriel riss sich vom LS 2022 los, um Bastian zu beobachten.

»Also«, sagte der ein bisschen piepsig und näherte das Fläschchen seinem Mutmachding. »Ich stelle mir alles genau vor, und, äh …«

»Du glaubst wirklich, das könnte funktionieren?«, fragte Gabriel plötzlich. Sein Blick huschte zwischen dem perfekt ausgetüftelten Stuhl und Bastians zusammengeklebtem Chaos hin und her.

»Äh, ja. Denke ich. Hoffe ich. Schauen wir mal?«, stotterte Bastian und drehte die Öffnung des Fläschchens nach unten.

Tilly erschrak. Man musste doch fest entschlossen sein, während man Magie verwendete! »Bastian, warte –«, konnte sie gerade noch rufen, aber es war zu spät. Schillernde Tropfen fielen auf das Mutmachding, und augenblicklich erwachte der seltsame Apparat zum Leben.

Erst rollte er auf seinen vier Rädern ein paarmal vor und zurück. Tilly hoffte schon, dass er gar nichts anderes konnte – doch dann wurde ihr klar, dass er nur ordentlich Schwung holte. Im nächsten Moment raste er quer über die Tischplatte und geradewegs auf Clarissa zu, die kreischend nach hinten stolperte. Was genau sie schrie, konnte man nicht verstehen, weil nun ohrenbetäubende Musik aus dem Mutmachding schallte.

»Baby shark, doo doo – doo doo doo doo!«, dröhnte es, während das Blasrohr sich auf Clarissa richtete. Dann sauste ein Gummibärchen daraus hervor. Und noch eines. Und ... es nahm überhaupt kein Ende. Wie kunterbunte Insekten flogen die Süßigkeiten Clarissa um die Ohren, bis sie stolpernd aus der Küche floh. In ihrer Eile warf sie einen Stapel Geschirr um, der neben der Spüle gestanden hatte. Teller, Schüsseln und Tassen zerbrachen in unzählige Stücke, doch davon ließ sich das Mutmachding nicht bremsen. Unter immer lauterem Gesang kurvte es an den Scherben vorbei und nahm Clarissas Verfolgung auf. Fast war es schon bei der Küchentür, da fiel Tilly etwas ein.

»Es darf niemanden mehr sehen!«, rief sie. »Niemanden, der Mut brauchen könnte!«

Ihre Freunde begriffen sofort. Pip riss den Teller voll Wunderkekse vom Tisch, und Nico packte die Tischdecke. Mit einem riesigen Satz sprang er hinter das Mutmachding, warf die Decke darüber und wickelte es fest ein. Bastian hatte inzwischen seinen Rucksack geöffnet. Er hielt ihn weit auf, damit Nico

das Tischdecken-Knäuel hineinstopfen konnte, und zog schnell den Reißverschluss wieder zu. Kurz hörte man das Mutmachding noch *»Mommy shark, doo doo – doo doo doo doo«* singen, dann wurde es still.

»Tut mir schrecklich leid!«, wimmerte Bastian. »Ich hätte nie erwartet, dass es so viel Energie hat. Das war wirklich nicht geplant!«

Nico seufzte. »Ich sage dir das ja nur ungern, aber ich glaube, du hast ein Wirrwarrding erschaffen.«

»Du *glaubst?!«,* wiederholte Gabriel und verzog das Gesicht. »Was, um alles in der Welt, soll es denn sonst sein? Jedenfalls benimmt es sich genau so, wie ich mir ein Wirrwarrding vorstelle: nervtötend, gefährlich und vollkommen nutzlos.«

»Immerhin wissen wir jetzt, dass es sich beruhigt, wenn es keine Opfer mehr im Blick hat«, versuchte Pip, den kreidebleichen Bastian zu trösten. »Du dürftest es halt nie wieder auspacken. Aber … hast du nicht auch deine Schattenflasche dadrin?«

Bastian sah aus, als müsste er gleich anfangen zu weinen. »Ja genau! Ich hab mir extra einen größeren Rucksack besorgt, damit die Flasche genug Platz hat. Wie soll ich sie jemals wieder benutzen, ohne dabei das Wirrwarrding freizulassen?« Niedergeschlagen hockte er sich zwischen die verstreuten Gummibärchen und ließ den Kopf hängen. Er richtete sich erst ein bisschen auf, als Clarissa in der Küchentür erschien. Obwohl ihre Haare ungewöhnlich zerzaust waren, hatte sie wieder ihren typischen hoheitsvollen Ausdruck im Gesicht.

»Clarissa, das …«, setzte Bastian an, doch sie ließ ihn nicht weiterreden.

»Ich gehe jetzt nach Hause«, sagte sie, »und werde dort in Ruhe mein Wunderding fertigstellen. Dann bekommt Wilma morgen wenigstens *etwas* Ordentliches präsentiert, vielleicht mal abgesehen von Gabriels Klappstuhl. Ihr anderen werdet sie ganz sicher nur enttäuschen. Vielleicht hätte sie euch niemals in die Wunderschule aufnehmen sollen!« Mit diesen Worten griff sie nach ihrem Fläschchen Magie, schwang sich den schicken weißen Rucksack über die Schulter und marschierte davon.

5. Kapitel

Es dauerte eine Weile, bis sie die Spuren des Wirrwarrdings beseitigt hatten. Scherben und Gummibärchen waren in jeden Winkel von Wilmas Küche gerutscht, und die tanzenden Besen machten das Aufkehren nicht gerade einfacher. Außerdem begann der Herd jedes Mal, hysterisch zu kichern, wenn man ihm mit den Borsten zu nahe kam. Als endlich Ordnung herrschte, sagte Pip: »Also, wenn ihr mich fragt, hat Clarissa recht.«

Nico starrte sie an. »Wie bitte?! Bastian soll gleich sein Mutmonster wieder auspacken!«

»Ich meine doch nur, dass es eine gute Idee wäre, zu Hause weiterzumachen«, erklärte Pip. »Hier haben wir nun wirklich genug angerichtet. Warum kommt ihr nicht einfach mit zu mir? Meine Eltern sind sowieso noch arbeiten, und wenn meine Schwestern zufällig ihren netten Tag haben, geben sie uns vielleicht sogar ein paar Tipps.«

»Kann nicht«, klagte Bastian. »Ich muss erst herauskriegen, ob ich mein Wunderding irgendwie reparieren kann. Hoffentlich finde ich was Nützliches in einem von Wilmas Büchern …«

»Und ich habe keine Tipps nötig«, sagte Gabriel würdevoll. »Bevor ich Magie auf meinen LS 2022 tropfe, werde ich sichergehen, dass er perfekt funktioniert.«

Aber Tilly spürte, wie sich ihre Laune bei diesem Vorschlag gleich verbesserte. Sie war noch nie bei Pip gewesen und konnte es kaum erwarten, einen richtigen magischen Haushalt kennenzulernen. Clarissas Villa zählte nicht, dort hatte es trotz der Wunderdinge ausgesehen wie in einem Katalog. »Bin dabei!«, sagte sie, und Nico reckte einen Daumen hoch.

Als die drei kurz darauf mit ihren Wunderdingen und Magie-Fläschchen die Villa verließen, konnten sie Bastian hinter sich noch einmal herzzerreißend seufzen hören.

Durch den verwilderten Garten liefen sie zurück zur Treppe, die in die Besenkammer der Blasslinger Grundschule führte. Die Flure waren um diese Zeit menschenleer. Ungesehen kamen sie bis zum

Schultor, dann holte Nico plötzlich sein Handy aus der Hosentasche. Tilly ahnte, dass er seiner Mutter Bescheid geben wollte – seit Nicos Vater verschwunden war, wollte Frau de Luca immer genau wissen, wo ihr Sohn steckte. Während er telefonierte, gingen Tilly und Pip ein paar Schritte weiter und richteten ihre Augen auf das Schwarze Brett.

HEUTIGES MENÜ: GEDÄMPFTER FENCHEL MIT GRAUPEN-RISOTTO; ZUM NACHTISCH MILDES BANANENMUS, stand auf einem Zettel. Tilly schauderte, als sie an den farblosen Matsch auf ihrem Teller zurückdachte. Daneben hatte die Rektorin, Frau Schmeling, ein Infoblatt zu ihrem Nachmittagsklub angepinnt: *Wir befassen uns täglich um 15:00 Uhr in meinem Büro mit der hohen Kunst des Schachspiels. Nur ernsthafte Teilnahme erbeten!*, stand da in ihrer perfekten Handschrift. Außerdem hing in einer Ecke der Tafel ein gedruckter Flyer mit dem Text **Flohmarkt – Donnerstag bis Sonntag – Rathausplatz. Erlesenes, gut sortiertes Allerlei. Von den Einnahmen werden neue Müllcontainer für die Schnurgerade Allee bezahlt.**

Obwohl das mit Sicherheit die langweiligste Werbung war, die Tilly je gesehen hatte, wandte sie sich begeistert an Pip. »Hey, wollen wir einen Abstecher dorthin machen? Ich liebe Flohmärkte, die sind so schön geheimnisvoll!«

»Der Blasslinger Flohmarkt ist ungefähr so geheimnisvoll wie mildes Bananenmus«, meinte Nico, der sein Telefonat inzwischen beendet hatte.

»Aber es liegt auf dem Weg«, sagte Pip schulterzuckend. »Und vielleicht finden wir ja Material für unsere Wunderdinge. Also los!«

Sie traten ins Freie und liefen unter dem wolkenverhangenen Himmel zum Rathausplatz. Bei regnerischem Wetter, fand Tilly, sah Blasslingen besonders öde aus. Auch der Flohmarkt hatte nichts mit dem bunten Gewusel zu tun, das sie aus ihrer früheren Heimatstadt kannte. Die Verkaufstische standen perfekt aneinandergereiht, und darauf türmte sich kein Krimskrams, den man nach Herzenslust durchwühlen konnte. Stattdessen war alles fein säuberlich in Kisten verpackt und nach Themen sortiert. Kopfschüttelnd betrachtete Tilly einen Karton, der auf einem Verkaufstisch in ihrer Nähe stand. ***Regenbekleidung aus Stoff und Plastik, Größe M–L*** hatte ihn jemand beschriftet, und daneben lehnte ein Schild mit den Worten ***Bitte nur***

anschauen, nichts durcheinanderbringen. Herr und Frau Bohnenstängel hätten sich hier bestimmt wohlgefühlt!

Aber es gab noch jemanden, der vom Flohmarkt ganz begeistert zu sein schien. Gerade wollte Tilly nachsehen, ob die Regensachen im Karton nach Farben sortiert waren, als sie an ihrem Rücken ein Zappeln spürte. Sie ließ ihren Rucksack nach vorne gleiten und erwischte Lux dabei, wie er seine Kerze durch eine Lücke im Reißverschluss bohrte. Neugierig schaute er sich um, dann puffte er mal wieder das Zeichen für Servietten in die Luft.

Erschrocken wedelte Tilly mit einer Hand durch den Rauch. »Hör auf mit dem Quatsch!«, wisperte sie. »Erstens gibt es hier sicher keine Servietten zu kaufen, und zweitens kannst du doch nicht so herumqualmen! Soll vielleicht jemand die Feuerwehr rufen, weil er glaubt, dass mein Rucksack brennt?«

Lux wackelte nur frech mit der mittleren Kerze. Sein nächstes Rauchzeichen erinnerte an einen grinsenden Hundehaufen.

»Damit du's weißt«, fügte Pip hinzu, *»Feuerwehr* bedeutet viele Schläuche.«

»Und viele Schläuche bedeuten jede Menge Wasser«, sagte Nico.

Schlagartig wechselte Lux' Flammenfarbe von einem warmen Orange zu einem eisigen Blau. Es gab nichts, was er mehr hasste als Wasser. Mit einem leisen Zischen saugte er das Rauchzeichen ein, das er gerade hatte losschicken wollen, dann rutschte er wieder tiefer in den Rucksack. *Bin ja schon brav,* hieß das wohl in Kerzenständersprache.

Nervös schaute Tilly sich um. Zu ihrer Erleichterung waren nicht viele Leute in der Nähe, die etwas Verdächtiges hätten bemerken können. Direkt hinter ihnen stand zwar eine Frau, die einen grau karierten Regenmantel anprobierte, aber sie hatte ihnen den Rücken zugedreht. Der schnauzbärtige Verkäufer war damit beschäftigt, Gummistiefel zu polieren. Und ein Mann in schickem Anzug hatte die Augen auf ein blondes Mädchen gerichtet, das –

Tilly zuckte zusammen. Schnell packte sie Nico und Pip an den Armen und zog sie hinter einen großen, altmodischen Schirm, der aufgespannt neben dem Verkaufstisch lehnte. Gerade noch rechtzeitig, denn schon im nächsten Moment hatten Herr von Rosenberg und Clarissa den Tisch erreicht.

»Vielleicht findest du ja hier etwas Hübsches?«, fragte der Bürgermeister. »Ich muss jetzt wirklich wieder ins Rathaus und weiterarbeiten. Nimm doch einfach diese pinke Jacke, die steht dir bestimmt.«

Clarissa verschränkte die Arme vor der Brust. »Nein, so was will ich nicht!«, schmollte sie. »Du hast versprochen, dass du mir etwas *Besonderes* kaufst. Zur Belohnung, weil ich doch jetzt eine richtige Wunderschülerin bin!«

»Sprich bitte leiser«, mahnte der Bürgermeister. »Ein Nichteingeweihter könnte dich hören!«

»Die kapieren sowieso nichts«, gab Clarissa missmutig zurück. Dann redete sie in deutlich süßerem Tonfall weiter: »Ach bitte, Papi. Wie soll ich mich denn für etwas entscheiden, wenn ich nicht weiß, welches von den Dingen hier … also, welches stinklangweilig ist und welches nicht? Die tun ja alle so, als wären sie ganz gewöhnlich.«

»Das haben wir doch schon besprochen«, erwiderte der Bürgermeister, und nun flüsterte er fast. Tilly musste den Atem anhalten, um alles zu verstehen. »Es sind viel zu viele uneingeweihte Menschen in der Nähe. Ich *kann* meinen Wunderschnüffler jetzt nicht verwenden! Außerdem besitze ich den nur, um zu kontrollieren, ob alle Eingeweihten sich auch wirklich unauffällig verhalten. Zum Beispiel, ob sie keine verbotenen Gegenstände zum Einkaufen oder zur Arbeit mitnehmen oder ...«

»... oder auf den Flohmarkt bringen!«, fiel Clarissa ihm ins Wort. »Eigentlich dürften sie das gar nicht, hab ich recht? Es wäre also nur gut, wenn wir ein *besonderes* Ding hier schnell finden und mitnehmen würden, bevor jemand anders es bemerkt!«

Herr von Rosenberg zögerte noch kurz, dann brummte er: »Na schön.« Er trat ein paar Schritte zurück und griff in eine Tasche seines Anzugs. Den Gegenstand, den er daraus hervorholte, versteckte er so gut wie möglich in seiner Hand. Tilly konnte allerdings einen Blick auf vier rosa Beinchen und eine glänzende Rüsselnase erhaschen, die zwischen seinen Fingern hervorragten. War das etwa ein Sparschwein? Verdattert beobachtete Tilly, wie der Bürgermeister das Schweinchen langsam von links nach rechts bewegte. Dann ertönte ein leises Schniefen, und die Rüsselnase bog sich zur Seite.

»Dort drüben!«, rief Clarissa und zerrte ihren Vater hinter sich her.

Tilly wandte sich halb zu ihren Freunden um. »Was war das denn?!«

»Ein Gerät zum Aufspüren von Magie«, erklärte Nico hastig. »Mein Papa hatte auch so was. Ein Glück, dass sie es nicht in unsere Richtung gehalten haben!« Er stand auf und drängte die Mädchen näher zu dem Verkaufstisch, vor dem Clarissa stehen geblieben war. Tilly schwirrte der Kopf, aber sie hatte keine Zeit, um weitere Fragen zu stellen. Inzwischen hatte Clarissa nach einem der Bücher gegriffen, die sich auf dem Tisch stapelten. Als sie es öffnete, kam ein Lesezeichen in der Form eines Käfers zum Vorschein. Er bestand zwar nur aus Draht und Papier, krabbelte aber sofort an den Rand der Buchseite. Von dort aus beleuchtete er die erste Zeile, sodass man die Worte sicher auch abends im Bett mühelos hätte entziffern können.

»Ein Lese-Glühwürmchen! Das ist eindeutig magisch«, kommentierte Clarissa.

Die Verkäuferin, eine ältere Dame mit grauen Löckchen, fasste sich erschrocken an die Stirn. »Oh, das habe ich zwischen den alten Büchern gar nicht bemerkt. Aber ansonsten habe ich alles genau kon-

trolliert, Herr Bürgermeister, ehrlich!«, beteuerte sie, an Clarissas Vater gewandt.

Herr von Rosenberg schnalzte mit der Zunge. »Lassen Sie die Ausflüchte«, sagte er. Obwohl er leise sprach, hörte man deutlich den drohenden Klang in seiner Stimme. »Ich werde diesen Gegenstand selbstverständlich mitnehmen, und Sie erhalten eine Verwarnung, Frau Konrad. Es ist Ihre Aufgabe als Eingeweihte zu verhindern, dass solche Dinge hier zum Verkauf gelangen! Seien Sie froh, dass nicht alle so aufmerksam sind wie meine Tochter.«

Mit gesenktem Kopf reichte Frau Konrad das Glühwürmchen dem Bürgermeister, und der gab es gleich an Clarissa weiter. Zufrieden steckte sie es in ihren Rucksack, dann verließ sie mit ihrem Vater den Markt.

6. Kapitel

»Könnt ihr mir bitte verraten, was hier los ist?«, fragte Pip. »Warum haben wir gerade die Von-Rosenbergs verfolgt? Mir genügt es schon, dass ich Clarissas gruselig perfekte Haare jeden Tag in der Schule sehen muss!«

Nico schaute Clarissa und dem Bürgermeister aus zusammengekniffenen Augen hinterher. »Überleg doch mal«, sagte er. »Clarissa hat vorhin behauptet, sie würde nach Hause gehen, um an ihrer Erfindung zu arbeiten. Stattdessen hat sie ihren Vater zu einer Einkaufstour geschleppt und sich irgendein altes Wunderding zugelegt!«

»Eines, das sie normalerweise sicher nicht interessant finden würde«, ergänzte Tilly, »und das so aussieht, als wäre es selbst gebastelt.«

Diesen Gedanken musste Pip noch kurz verarbeiten, dann klappte sie den Mund auf. »Ihr meint doch nicht etwa, dass sie das Lesewürmchen als ihre eigene Erfindung ausgeben will?!«

»Genau das meinen wir«, bestätigte Nico. »Wahrscheinlich hat es sie zu sehr gestresst, dass ihr noch nichts Geniales eingefallen ist. Deswegen ist Bastians Mutmachding auch geradewegs auf sie losgegangen.«

Pip lief vor Wut dunkelrot an. »Ich glaub das einfach nicht«, stöhnte sie. »Bei der letzten Prüfung hat Clarissa Tillys Kerzenständer entführt, und jetzt schummelt sie schon wieder! O diese gemeine, obermiese, glanzköpfige ...«

»Schon klar, sie wird wohl niemals deine beste Freundin«, beendete Nico Pips Schimpftirade. »Das ändert aber nichts daran, dass sie am Ende wahrscheinlich die Belohnung gewinnt! Wer weiß, ob Gabriels Klappstuhl wirklich funktioniert, und das Lesewürmchen ist ziemlich gut. Oder hat jemand von euch vor, Wilma Bescheid zu sagen?«

Keines der Mädchen antwortete. Dabei hätte Pip sicher, ohne zu zögern, Clarissas Haare grün gefärbt oder ihre Schuhe mit Schlamm gefüllt. Aber Petzen ging gegen ihre Ehre als Wunderschüler, das spürten sie alle ganz genau.

»Es gibt nur eine Möglichkeit«, meinte Tilly schließlich. »Jemand von uns muss etwas Besseres erfinden.«

»Jawohl!«, rief Pip und reckte kämpferisch die Faust in die Luft. »Clarissa soll sehen, dass ihr faule Tricks überhaupt nichts nützen! Wir werden jetzt den gesamten Flohmarkt nach passendem Material absuchen und nicht eher ruhen, bis wir …« Ein Tropfen platschte auf ihre Nase. Dann noch einer, und im nächsten Augenblick prasselte der Regen los. »… bis wir klitschnass sind«, beendete Pip ein bisschen säuerlich ihren Satz.

Ringsum beeilten sich die Verkäufer, ihre Tische vor dem Regen zu schützen. Perfekt organisiert, wie die Blasslinger nun mal waren, hatten viele von ihnen Plastikplanen zum Abdecken dabei. Tillys alter Rucksack hingegen war garantiert nicht wasserdicht.

»Halte durch!«, rief sie und hoffte, dass Lux sie hören konnte. Im Zickzack raste sie an den Menschen vorbei und erreichte den Stand mit den Regensachen. Der Verkäufer schaute ihr zufrieden lächelnd entgegen – sein Geschäft lief mit einem Mal ausgesprochen gut.

»Na, Taschenschirm gefällig?«, fragte er und deutete auf eine seiner Kisten. Tilly wollte schon zugreifen, da fiel ihr Blick auf den braun karierten Stockschirm, hinter dem sie, Nico und Pip sich vorhin versteckt hatten.

»Ich nehme den hier«, beschloss sie und ärgerte sich nicht einmal, als der Verkäufer ihr das Taschengeld einer ganzen Woche abknöpfte. Hauptsache, ihr Wunderding blieb von einer unfreiwilligen Dusche verschont!

»Schaut ihr bitte mal nach, wie es Lux geht?«, keuchte sie, als sie sich wieder bis zu ihren Freunden durchgekämpft hatte. Den großen Schirm mit beiden Händen umklammert, drehte sie Nico und Pip ihren Rucksack zu.

Kurz spürte sie ein Zerren und Wackeln, dann meldete Nico: »Seine Flammen sind zwar klein, aber noch gut zu erkennen. Außerdem streckt er eine davon spitz zum Himmel.« Nico lachte. »Ich glaub, er zeigt dem Regen den Stinkefinger.«

Tilly atmete auf. »Gut, aber wir sollten uns trotzdem beeilen, ins Trockene zu kommen.«

»Seh ich auch so. Mir nach!«, kommandierte Pip und flitzte los.

Zum Glück wohnte sie nur wenige Minuten vom Rathausplatz entfernt. Das Haus ihrer Familie wirkte genauso unscheinbar wie die anderen Gebäude in Blasslingen: Es war würfelförmig, hatte hellgrau gestrichene Wände und einen perfekt gemähten Vorgarten. Aber noch ehe Nico, Pip und Tilly das Haus betreten hatten, zeigte sich, dass es magisch war. Pip holte nämlich keinen Schlüssel hervor, sondern kratzte nur kurz mit den Fingernägeln über die Tür.

»Miau«, machte sie und erklärte dann augenrollend: »Meine Schwestern befehlen der Tür immer, auf Katzengeräusche zu reagieren, wenn sie allein zu Hause sind. Sie haben nämlich keine Lust, meinen Kater Fussel ständig rein- und rauszulassen.« Mit einem leisen Quietschen schwang die Tür auf, und Pip trat über die Schwelle.

»Ähem«, ertönte da ein Räuspern.

Pip ging noch zwei Schritte weiter in die Diele, während Nico und Tilly verwundert an der Tür stehen blieben.

»Ähem, ähem!«, machte es erneut, diesmal noch lauter. Jetzt begriff Tilly, dass die Stimme vom Boden herkam – oder besser gesagt, von der Fußmatte,

die aus aufgemalten Augen vorwurfsvoll zu Pip hochblickte. Dann schien sie tief Luft zu holen und schmetterte nach der Melodie von *Stille Nacht:*

»Du stie-gest hinein
in Schne-heckenschleim.
Aaaaaltes Brot!
Tauuubenkot …«

»Schon gut, schon gut«, rief Pip und stolperte rückwärts, um sich den Schmutz von den Schuhen zu treten.

»Herzlichen Dank«, flötete die Matte. »Ordnung ist das halbe Leben, Kindchen.«

Auch Tilly und Nico beeilten sich jetzt, ihre Schuhsohlen abzuputzen. Erst nachdem die Matte zufrieden gezwinkert hatte, folgten sie Pip weiter in ihr magisches Heim.

7. Kapitel

Das Haus der Familie Matzkowski hatte von innen rein gar nichts mit seinem langweiligen grauen Äußeren zu tun. Zwar wirkte es nicht ganz so verrückt wie die Wundervilla, aber man merkte doch überall einen Hauch von Magie.

Zum Beispiel öffnete sich der Schrank in der Diele ganz von selbst und sagte leise »Aaah« wie ein Patient beim Arzt, damit sie ihre nassen Sachen hineinhängen konnten. Ein Türschild mit der Aufschrift GÄSTEKLO begann zu leuchten, als Nico und Tilly daran vorbeigingen – offenbar hatte es erkannt, dass nun tatsächlich Gäste im Haus waren. Und als sie die Treppe ins obere Stockwerk hinaufstiegen, gab jede Stufe einen anderen Ton von sich wie die Tasten eines Klaviers. Tilly spürte einen winzigen Anflug von Neid, wenn sie an ihr eigenes Zuhause mit den schlichten beigefarbenen Möbeln dachte. Auch Pips Zimmer hätte sie am liebsten sofort gegen ihr eigenes getauscht. Hier gab es einen kunterbunten Flickenteppich, die Wände waren mit Fotos der Familie Matzkowski geschmückt (den Zwillingen hatte Pip auf jedem Bild Schnurrbärte gemalt), und über dem Bett hing ein Tuch mit Sternenmuster, sodass es aussah, als schliefe Pip in einem Zelt. Viele Wunderdinge entdeckte Tilly allerdings nicht – bis vor Kurzem hatte Pip ja noch gar

keine magischen Gegenstände haben dürfen. Nur ihr Tarnumhang schaukelte sacht an einem Kleiderhaken neben der Tür. Als die Kinder hereinkamen, verschränkte er die Zipfel und drehte sich weg. Er reagierte auch nicht, als Lux ihn mit seinen Flammen kitzelte.

»Mama hat Zapp gestern gewaschen«, erklärte Pip, »seitdem ist er eingeschnappt. Er wollte mich nicht mal zur Schule begleiten.«

»Zapp?«, wiederholten Tilly und Nico wie aus einem Mund.

Pip grinste ein bisschen verlegen. »Kurz für Zappel. Ich dachte, er sollte endlich einen Namen bekommen.« Sie streckte die Hand aus und versuchte, den Umhang zu streicheln, aber der flatterte trotzig zur Seite. »Jetzt hab dich doch nicht so!«, rief Pip. »Du warst total staubig, da musstest du eben gewaschen werden. So wie jedes andere Kleidungsstück auch!«

Der Tarnumhang erstarrte. Fast schien es, als schaute er Pip fassungslos an. Dann riss er sich von seinem Kleiderhaken los und sauste zur Tür hinaus. Sie hörten ein leises *Wisch-wisch,* als er die Treppe hinunterrutschte. Danach ertönte im Erdgeschoss ein »Aaaah«, und die Türen des Kleiderschranks klappten auf und zu.

»Er hat sich in den Schrank gehängt«, sagte Tilly. *»So wie jedes andere Kleidungsstück auch.«*

»Was für eine beleidigte Leberwurst.« Pip schnitt eine Grimasse. »Aber jetzt zur Sache, Leute. Habt ihr irgendeine Idee, wie wir –«

Weiter kam sie nicht. Die Tür wurde aufgerissen, und zwei fast gleich aussehende Köpfe streckten sich ins Zimmer. Auf den ersten Blick unterschieden sie sich nur darin, dass der eine Kopf ein hellblaues Haarband trug und der andere ein rosafarbenes.

»Philippa!«, rief die rosa Zwillingsschwester. »Du bist schon zurück? Ich dachte, du würdest heute ein eigenes Wunderding erschaffen!«

»War wohl doch zu schwierig für dich, stimmt's?«, fragte die hellblaue Zwillingsschwester. »Haben wir dir ja gleich gesagt. So was gelingt nur den besten Wunderschülern im ersten Unterrichtsmonat!«

»Darf ich vorstellen: Piamaria«, sagte Pip mit zusammengebissenen Zähnen und sprach die beiden Namen so aus, als wäre es nur ein einziger. Dabei deutete sie allerdings zuerst auf die eine, dann auf die andere Schwester. »Die Allwissenden. Aber

wenn ihr so toll seid, könntet ihr uns doch ein bisschen bei der Aufgabe helfen, oder?«

»O nein, das wäre geschummelt«, meinte Pia.

»Und so was ist strengstens verboten für Wunderschüler«, ergänzte Maria.

»Tja, wenn sich bloß jeder daran halten würde«, brummte Pip, aber ihre Schwestern schienen sich nicht dafür zu interessieren, wie sie das meinte.

»Wir wollten dir nur sagen, dass Fussel sich noch im Freien herumtreibt. Wenn er heimkommt, kannst *du* ihm jetzt sein Futter geben, immerhin gehört er dir. Wir müssen heute viel lernen und brauchen Ruhe!« Damit zogen sich die Köpfe aus dem Türspalt zurück, und die Zwillinge stampften davon.

»Nett, die beiden«, sagte Nico mit ernster Miene. »In solchen Momenten finde ich es immer furchtbar schade, ein Einzelkind zu sein.«

Pip streckte ihm die Zunge heraus. Sie wollte die Zimmertür gerade wieder schließen, da ertönte im unteren Stockwerk ein leises, quietschendes Geräusch. Das konnte nur die Haustür gewesen sein!

»Ist Fussel heimgekommen?«, fragte Tilly, und ihre Finger kribbelten bei dem Gedanken, seidiges Katzenfell kraulen zu dürfen. Sie hätte auch unheimlich gern ein Tier gehabt – am liebsten eines, für das sie komplizierte Spielsachen und Labyrinthe erfinden konnte. Nur leider hatte sie es bisher nicht geschafft, ihre Eltern von dieser Idee zu überzeugen. Erwartungsvoll trat sie zu Pip an die Zimmertür, während unten die Fußmatte mit ihrem Programm loslegte.

»Ähem!«, drang ihr übertriebenes Räuspern bis zu ihnen herauf.

»Das macht sie auch bei eurem Kater?«, erkundigte sich Tilly verdutzt, doch Pip schüttelte den Kopf.

»Normalerweise nicht. Vielleicht wird sie auf ihre alten Tage ein bisschen komisch.«

Als Nächstes erklang wieder die Stimme des Kleiderschranks, und man hörte ihn mit seinen Türen klappern. »Ach, der auch? Merkwürdig«, sagte Pip und streckte den Kopf in den Flur. »Fussel?«, rief sie lockend, aber von unten kam kein Miauen. Stattdessen trällerte die Matte in der Melodie von *Lasst uns froh und munter sein:*

»Wenn ich ahauf deine Füße schau,
kenn ich deine Wege ganz genau:
durch Dreck und Matsch und nahassehes Laub,
Pfützen, Spuhucke und Flohmarktstaub!
Pfützen, Spuhucke und Flohmarktstaub.«

»Ist die jetzt völlig verrückt geworden?«, stöhnte Pip, holte tief Luft und rief: »FUSSEL! Beweg deinen flauschigen Po zu mir rauf!«

Tilly wirbelte herum, als es ganz in ihrer Nähe raschelte. Ein schwarz-weiß geflecktes Kätzchen kam unter Pips Bett hervor, reckte sich und blinzelte verschlafen in die Runde.

Die Kinder schauten einander an. »Wenn der Kater die ganze Zeit hier war«, sagte Nico langsam, »und deine Eltern noch bei der Arbeit sind, wer ist dann bitte …« Er verstummte, und einige Sekunden lang blieb es still.

Dann begann die Fußmatte zu kreischen.

8. Kapitel

Tilly, Pip und Nico stürmten auf den Flur. Hinter sich konnten sie hören, dass auch die Zwillinge ihre Zimmertür aufrissen. Unter lautem Gepolter (und Geklimper) liefen sie alle die Treppe hinunter, doch das Kreischen der Fußmatte war bereits verstummt. Tillys Herz schien zu stolpern, als sie die Matte verkehrt herum in der Diele liegen sah. Pip kniete sich auf den Boden und drehte das Wunderding um. Die aufgemalten Augen waren geschlossen, und die Matte gab keinen Ton von sich. Erst als Pip sie schüttelte, murmelte sie schwach: »Ordnung ist das halbe … das halbe …«

Inzwischen hatten Pia und Maria ihre kleine Schwester erreicht. Mit vorgereckten Hälsen spähten sie über Pip hinweg auf die Fußmatte. »Die hat anscheinend den Geist aufgegeben«, stellte eine von ihnen fest.

»Wie kann denn so etwas passieren?«, stieß Pip

hervor, und es klang, als hätte sie einen dicken Kloß im Hals. Wieder schüttelte sie die Matte, aber diesmal ohne Erfolg.

»Und wie können wir es rückgängig machen?«, drängte Nico.

Die Zwillinge zogen die Schultern hoch. »Na ja, vielleicht könnte man sie mit ein paar Tropfen reiner Magie reparieren«, sagte Pia.

»Aber das klappt bestimmt nicht«, meinte Maria. »Hat wahrscheinlich gar keinen Zweck, es zu versuchen. Außerdem ist die reine Magie, die wir haben, für unsere nächsten Erfindungen bestimmt.«

Pip hob den Kopf und schaute Pia und Maria bitterböse an. »Ihr spinnt ja komplett«, fauchte sie. Noch bevor jemand protestieren konnte, schraubte sie das Fläschchen von ihrer Halskette und schloss die Augen.

Unwillkürlich hielt Tilly den Atem an, während Pip sich konzentrierte. Bestimmt versuchte sie gerade, all ihre Entschlossenheit und Fantasie zusammenzukratzen. Dann drehte sie das Fläschchen mit der Öffnung nach unten und verteilte den Inhalt über der Fußmatte. Es dauerte eine gefühlte Ewigkeit, bis die reine Magie versickert war. Endlich verschwand der letzte schillernde Tropfen, die Matte gab ein tiefes Schnaufen von sich – und riss die Augen auf.

»Kinderchen«, ächzte sie, »habt ihr alle schön saubere Schuhe?«

Pip stieß einen Freudenschrei aus. Sie hielt die Matte mit beiden Händen hoch und wirbelte sie einmal im Kreis, ohne sich um den herausfallenden Schmutz zu kümmern. »Du bist wieder okay!«, jubelte sie. »Hast du uns vielleicht erschreckt! Was war denn mit dir los?«

»Leg mich bitte wieder ab, herzlichen Dank«, sagte die Matte. Dann blinzelte sie verwirrt zu den

Kindern hoch. »Keine Ahnung, was passiert ist. Mir scheint, da war irgendwas. Nein: jemand.«

Tilly bemühte sich, ihre Stimme ganz sanft klingen zu lassen. »Weißt du das vielleicht ein bisschen genauer?«

Die Matte dachte einen Moment scharf nach. »Ich bin untröstlich, aber –« Sie verstummte, ehe ihre Augen vor Entsetzen riesengroß wurden. »Dreck und nasses Laub«, hauchte sie. »Herrje, nun erinnere ich mich wieder! Es war eine Frau mit roten Lackschuhen. Außerdem hatte sie eine Aktentasche ... und einen karierten Regenmantel.«

Ein kalter Schauer lief Tilly den Rücken hinunter. »Grau kariert?«, hörte sie sich selbst fragen, während etwas in ihrer Erinnerung aufleuchtete. »Und hatte sie glänzende schwarze Haare, ungefähr bis zum Kinn?«

»O ja«, bestätigte die Matte. »Genauso hat sie ausgesehen! Sie weigerte sich, ihre Füße abzuputzen, und ging einfach weiter durch den Flur. Erst als ich mein Lied anstimmte, kehrte sie zu mir zurück. Sie packte mich, hob mich an ihre Lippen – dann wurde alles dunkel.«

»Hat sie etwa deine Magie getrunken?«, keuchte

Pia, und Maria fragte schrill: »*Willst du damit sagen, wir hatten eine Wunderdiebin in unserem Haus?*«

Alle begannen, wild durcheinanderzureden, doch Tilly hockte wie festgefroren auf dem Boden. »Nico, Pip«, brachte sie erst nach ein paar Sekunden heraus, »erinnert ihr euch noch an die Frau, die am Verkaufstisch mit den Regensachen direkt hinter uns stand? Die hatte so kinnlange Haare, und sie war gerade dabei, einen karierten Mantel zu kaufen! Ich dachte, sie hätte Lux' Rauchzeichen nicht bemerkt, aber vielleicht ja doch. Vielleicht wusste sie von diesem Moment an, dass wir Wunderdinge besitzen!«

Pip riss die Augen auf. »Du meinst, sie ist uns gefolgt? Dann konnte sie natürlich mit ansehen, wie man hier reinkommt ...« Sie schluckte und fuhr zu ihren Schwestern herum. »Das ist eure Schuld! Ihr müsst ja immer diesen blöden Miau-Zauber an der Tür einstellen!«

Die Zwillinge hoben abwehrend die Hände. »Woher sollten wir denn ahnen, dass ihr eine Wunderdiebin anlockt? Zum Glück ist es gerade noch mal gut gegangen.«

»Ist es in der Tat«, schaltete sich die Fußmatte

wieder ein. »Am Geräusch ihrer Schritte konnte ich erkennen, dass sie nur bis zur Treppe gekommen ist. Dann brachte ich sie mit meinem Gesang dazu, sich auf mich zu stürzen. Nicht auszudenken, wie viele Wunderdinge ihr sonst noch in die Finger gefallen wären!« Sie klang so zufrieden, als hätte sie das alles genau geplant.

»Hast du gut gemacht«, lobte Pip die Matte, und Tilly kraulte eine ihrer Ecken. Nico aber drehte den Kopf und schaute zum anderen Ende des Flurs.

»Bis zur Treppe ist sie gekommen?«, fragte er langsam. »Also war sie auch beim Kleiderschrank ...?«

Tilly zuckte zusammen. Richtig, sie hatte doch gehört, wie der Schrank mit seinem typischen leisen »Aaah« aufgegangen war! Erschrocken rappelte sie sich vom Boden hoch, aber Pip war schneller. Schon hatte sie den Kleiderschrank erreicht und wartete gar nicht erst, bis er reagierte. Mit beiden Händen riss sie die Türen auf und schnappte nach Luft. Im nächsten Moment hatte auch Tilly den Schrank erreicht. Ihr Blick wanderte über die Jacken und Mäntel, suchte angestrengt nach einem schillernden, herumzappelnden Stück Stoff – aber vergeblich.

Pips Tarnumhang war verschwunden.

9. Kapitel

»Mein armer, armer Zapp!«, rief Pip, und ihre Stimme zitterte. »Ich h-hätte besser auf ihn aufpassen sollen! St-stattdessen hab ich ihn allein vor sich hin schmollen lassen ... und d-das Letzte, was ich über ihn gesagt hab, war *beleidigte Leberwurst!*«

Die Zwillinge zupften betreten an ihren Haarbändern. »Na ja, so richtig gut funktioniert hat er doch eh nicht, oder?«, versuchte Maria, Pip zu trösten.

»Und Wilma gibt dir bestimmt ein neues Wunderding. Du kannst schließlich nichts dafür«, meinte Pia.

Tilly traute ihren Ohren nicht. Die beiden klangen ja fast wie Clarissa! Kein Wunder, dass Pip so wenig Geduld mit der hatte. »Hör zu«, sagte Tilly schnell und legte Pip einen Arm um die Schultern. »Ich glaube nicht, dass die Wunderdiebin Zapp schon seine Magie rauben konnte. Nachdem sie ihn geschnappt hat, musste sie ja die Matte zum Schweigen bringen. Damit war sie noch nicht mal fertig, als wir die Treppe hinuntergerannt sind. Sie hat uns gehört und ist sofort abgehauen!«

Nico bemühte sich ebenfalls, Pip aufzumuntern. »Du weißt, wie schwer Zapp sich von unbekannten Menschen bändigen lässt. Bevor er sich an dich gewöhnt hat, konnten wir ihn ja auch nur zu dritt festhalten! Die Wunderdiebin hat ihn sicher nur schnell eingesteckt und traut sich nicht, ihn wieder rauszuholen, solange sie im Freien ist.«

»Wie schon gesagt«, flötete die Fußmatte dazwischen, »sie hatte eine Aktentasche dabei!«

Da kam plötzlich Leben in Pip. Sie fuhr herum und schaute Nico fest in die Augen. »Sag schnell – hast du gerade Hunger? Durst? Oder musst du vielleicht aufs Klo?«

Verwirrt runzelte Nico die Stirn. »Äh, nein. Aber danke der Nachfrage.«

»Wenn du jetzt nichts dringender willst, als Zapp zu retten, dann schau sofort auf deinen Kompass!«

»Oh ... richtig.« Nico zerrte sein Wunderding aus dem Halsausschnitt seines Pullovers. Der Kompass hatte die magische Fähigkeit, auf das zu zeigen, was sein Besitzer gerade am dringendsten suchte. Beinahe wären Nico, Tilly und Pip mit den Köpfen zusammengestoßen, als sie sich alle vorbeugten. Die Nadel wirbelte ein paarmal im Kreis, dann begann sie, langsam hin und her zu schaukeln. Sie sah so ratlos aus, wie das bei einer Nadel eben möglich war.

Nico fluchte leise. »Das muss irgendein Zauber sein. Wahrscheinlich hat die Diebin mal einen magischen Gegenstand ausgesaugt, der andere Wunderdinge abwehrt. Mein Papa hat mir von Amuletten erzählt, die so was können.«

»Du meinst, sie hat einen Schutzschild gegen Magie?!«, fragte Tilly fassungslos.

»Tja, es ist die einzig mögliche Erklärung.« Nico rieb sich über das Gesicht und fügte dumpf hinzu: »Dann wird der Kompass auch Zapp nicht finden können, solange die Frau ihn mit sich trägt.«

»Aber wir müssen doch irgendwas tun!« Verzweifelt schaute Pip von einem zum anderen. »Oh, warum ist Wilma ausgerechnet jetzt nicht da? Wenn wir ihr wenigstens eine Nachricht schicken könnten …«

Eine Nachricht? Das Wort

durchzuckte Tilly wie ein Stromschlag. »Moment mal!«, stieß sie hervor. »Wisst ihr noch, was auf Wilmas Zettel stand? Sie hat eine Nachricht aus einer Nachbarstadt bekommen, weil dort in letzter Zeit Wunderdinge verschwinden!«

Nico kniff die Augen zusammen. »Du meinst, das könnte mit dieser Frau zu tun haben?«

»Wäre doch möglich!«, sagte Tilly aufgeregt. »Vielleicht wohnt sie in dieser Nachbarstadt und ist heute extra hierhergekommen, um auf dem Flohmarkt nach Wunderdingen zu suchen. Ich meine, rote Lackschuhe klingen nicht gerade nach einer Bewohnerin von Blasslingen!«

»Ich hab sie auch noch nie hier gesehen. Aber was nützt uns das?«, jammerte Pip. »Wir haben ja trotzdem keine Ahnung, wo die Frau jetzt hinwill. Hier in der Nähe gibt es viele kleine Städte, die infrage kommen!«

»Wenn wir bloß wüssten, woher die Nachricht an Wilma stammte!« Tilly kaute einen Moment lang auf ihrer Unterlippe herum, dann fragte sie zögernd: »Glaubt ihr, das war eine SMS?«

»Nein, Wilma hat doch nur so ein altmodisches Festnetz-Telefon. Viele Eingeweihte benutzen lieber

Wunderdinge als moderne Geräte, vor allem die Erwachsenen«, meinte Pip und wandte sich ruckartig an ihre großen Schwestern. »Piamaria, ihr hattet ein Jahr lang Unterricht bei Wilma! Denkt nach – was verwendet sie, um mit anderen Eingeweihten zu schreiben?«

»Puh, keine Ahnung. Das ist alles so lange her«, sagte Pia, als wäre sie eine mittelalte Dame und nicht erst seit drei Jahren mit der Grundschule fertig. Es schien ihrem Gedächtnis allerdings zu helfen, als Pip ihr auf den Fuß stampfte.

»Aua! Okay, warte. Wilma hat uns hin und wieder die Villa sauber machen lassen. Sie meinte, das wäre lehrreich und würde uns helfen, Achtung vor Wunderdingen zu haben …«

»Kennen wir«, sagte Nico ungeduldig. »Und weiter?«

»Einmal hat uns ein Ding, das wir poliert haben, aus heiterem Himmel angebrüllt. Nein, eigentlich hat es einen Namen gerufen. Wilma hat uns dann rausgeschickt und ewig mit dem Ding gequasselt.«

»Es war so ein alter, fleckiger Spiegel«, fügte Maria hinzu. »Ein richtig unhöfliches Teil.«

Trotz ihrer Sorge um Zapp hätte Tilly beinahe vor

Freude gequietscht. »Nico, kannst du Gabriel anrufen?«, fragte sie hastig. »Du kennst ihn doch vom Fußball, und *er* hat ein Handy, oder?«

Stumm zog Nico sein Smartphone hervor und wählte eine Nummer. Dann reichte er es an Tilly weiter, die es sich mit wild pochendem Herzen ans Ohr drückte.

»Was ist?«, hörte sie gleich darauf Gabriels Stimme. »Ich kann jetzt nicht. Bastian hat mich mit seinem Wirrwarrding aufgehalten, und ich will endlich meinen LS 2022 in Gang setzen!«

»Oh, ein Glück, ihr seid noch in der Wundervilla«, keuchte Tilly. »Lass mich schnell mit dem Spiegel sprechen, ja? Mit dem, der hinter einer roten Gardine in der Werkstatt hängt!«

Obwohl das eine reichlich seltsame Bitte war, stellte Gabriel keine Fragen. Wahrscheinlich ahnte er, dass es sich um einen Notfall handelte. Tilly hörte Schritte und ein kurzes Rascheln, dann zeterte jemand: »Was soll das? Nimm gefälligst diesen neumodischen Firlefanz aus meinem Gesicht, Junge!«

»Ich bin's, Tilly! Ich hab dich gestern poliert, weißt du noch?«, sprudelte Tilly hervor.

»Ach ja. Das Mädchen mit den Tomaten auf den

Augen«, sagte der Spiegel, aber es klang nicht direkt unfreundlich. »Damit du's weißt: Da ist immer noch ein Fleck.«

»Nur weil ich nicht das richtige Putzmittel hatte. Aber meine Eltern besitzen eine riesige Sammlung, und ich bringe dir das nächste Mal was ganz Tolles mit – wenn du mir sagst, woher die letzte Nachricht für Wilma gekommen ist.«

Einen Moment lang schwieg der Spiegel verdutzt, dann antwortete er: »Kann ich nicht, bedaure. Ist privat.«

»Das Putzmittel, das ich dir mitbringen könnte, ist biologisch abbaubar«, sagte Tilly so einschmeichelnd, als arbeitete sie fürs Werbefernsehen.

Der Spiegel grummelte leise.

»Putzt garantiert streifenfrei«, fuhr Tilly lockend fort.

Der Spiegel seufzte.

»Mit Zitronenduft!«

»Aaach, na schön, überredet. Die letzte Nachricht stammte von einem Herrn aus Blauwinkel.«

»Danke! Vielen, vielen Dank!« Tilly wirbelte herum und warf Nico das Handy zu. »Blauwinkel, wo ist das?«

Man hörte gerade noch Gabriel fragen: »Tilly, was zum Teufel …«, dann hatte Nico aufgelegt und das Handy wieder in seiner Hosentasche verstaut. »Blauwinkel ist zu weit weg für einen Spaziergang«, sagte er. »Wenn die Frau wirklich von dort kommt, ist sie definitiv gefahren.«

Pip sackte ein bisschen in sich zusammen. »Mit dem Auto? Dann sitzt sie doch längst wieder drin und konnte in aller Ruhe meinem armen Zapp die Magie rauben!«

»Glaub ich nicht«, meinte Nico. »Denk nur daran, was die Fußmatte gesungen hat: durch Dreck und Matsch und nasses Laub …«

»… Pfützen, Spuhucke und Flohmarktstaub!«, trällerte die Matte hilfsbereit weiter.

Nico wedelte mit der Hand. »Schon klar. In Blasslingen liegt aber nirgendwo nasses Laub herum –

höchstens in der Schnurgeraden Allee. Und die führt bis zum Bahnhof!«

Einen Moment lang standen sie alle reglos da und schauten einander an. Zu Tillys Überraschung war es eine der Zwillingsschwestern, die sich als Erste aus ihrer Starre löste. Sie griff in den Halsausschnitt ihres Kleides und zog eine Sanduhr an einer Kette hervor. »WANN FÄHRT DER NÄCHSTE ZUG NACH BLAUWINKEL?«, fragte sie überdeutlich und drehte die Uhr um. Sofort begann der Sand, in die untere Kammer zu rieseln. Allerdings sammelte er sich nicht auf dem Boden, sondern schwebte so in der Luft, dass er sich zu Ziffern formte. Nur Sekunden später war in der Sanduhr zu lesen:

17:30

Nico warf einen Blick auf sein Handy und schluckte hörbar. »Noch sieben Minuten.«

»Piamaria, wir brauchen eure Fahrräder«, rief Pip, flitzte zum Kleiderschrank und holte ihre Jacken und Rucksäcke heraus.

Die Zwillinge verschränkten die Arme vor der Brust. »Was sollen wir denn solange tun?«, fragte Maria.

»Das Haus bewachen! Lasst nicht zu, dass noch

einem unserer Wunderdinge etwas passiert!« Pip stürmte ins Freie und zu dem überdachten Parkplatz, auf dem die Fahrräder standen. Nico lief hinterher, doch Tilly zögerte kurz vor dem Stockschirm, den sie in der Diele an die Wand gelehnt hatte. Mittlerweile hatte es zu regnen aufgehört, und beim Radfahren konnte sie den Schirm ohnehin nicht brauchen. Aber sie beschloss, ihn trotzdem mitzunehmen. Im Kampf gegen eine Person mit magischem Schutzschild, dachte Tilly grimmig, war ein Schirm immerhin besser als nichts.

Sie hatte ihn gerade unter den Arm geklemmt, als sie ein warmes Kitzeln am Knöchel spürte. Überrascht schaute sie auf Lux hinunter, der heimlich aus Pips Zimmer gekommen war. Er deutete mit trauriger blauer Flamme auf sich und ließ die mittlere Kerze hängen. Tilly kannte ihn schon gut genug, um zu erraten, was er damit meinte: *Das ist alles nur meine Schuld, oder?*

»O nein«, rief Tilly bestürzt. »Du konntest doch nicht ahnen, dass eine Wunderdiebin in der Nähe war! Außerdem holen wir Zapp jetzt wieder zurück, verlass dich drauf. Ich will dich nur nicht mitnehmen, weil die Frau dich nicht auch noch in die Finger bekommen soll!«

Sie wandte sich zur Tür, aber da berührte Lux sie wieder am Knöchel – diesmal mit etwas heißerer Flamme. Dann streckte er seine rechte Kerze zur Seite, und das Wachs beulte sich nach oben. Kein Zweifel: Der Kerzenständer tat so, als zeigte er seine Muskeln.

»Bist du sicher, dass du nicht lieber bei Pips Schwestern bleiben willst?«, fragte Tilly eindringlich, da hörte sie Nico nach ihr rufen. Als Lux einmal kräftig nickte, steckte Tilly ihn kurzerhand vorne in ihre Jacke, zog den Reißverschluss zu und rannte nach draußen.

10. Kapitel

Noch nie zuvor war Tilly so schnell mit dem Fahrrad unterwegs gewesen. Ihre Eltern mochten nur gemütliche Spazierfahrten – solche, bei denen man immer genug Puste hatte, um sich über die hübsche Landschaft zu unterhalten. Nun aber brausten Nico, Pip und Tilly mit einem solchen Tempo durch Blasslingen, dass die Häuser zu grauen Flecken verschwammen. Glücklicherweise waren bei dem schlechten Wetter nicht viele Leute unterwegs. So wurden sie nur einmal von einer empörten Blasslingerin als »rücksichtslose Raser« beschimpft, und ein Dackel kläffte ihnen etwas hinterher, das bestimmt nichts Freundliches war.

Tillys Augen tränten vom Wind, und sie nahm sich gerade vor, ein ausklappbares Verdeck für Fahrräder zu erfinden, da bremste Nico ganz plötzlich ab. Beinahe wäre sie mit ihrem rosa Rad gegen sein hellblaues geknallt. Schlitternd kam sie zum Stehen und blinzelte die Tränen weg. Vor ihnen befand sich ein länglicher Klotz in der Farbe von Haferschleim, der nur der Bahnhof sein konnte. Nico schaute allerdings schräg daran vorbei – auf einen Zug, der soeben davonrauschte.

»Das ist er nicht«, japste Tilly und zeigte auf die Uhr über dem Bahnhof. »Wir sind gerade noch rechtzeitig. Das kann er nicht gewesen sein!«

Sie sprangen von ihren Rädern und stürmten auf den Bahnsteig, der wie leer gefegt war. Nur aus dem Ticketschalter spähte ihnen ein Mann mit strengem Seitenscheitel entgegen.

»Was war das für ein Zug?«, fragte Pip atemlos. »Der, der gerade abgefahren ist?«

»Der Regional-Express nach Blauwinkel«, sagte der Mann und klang dabei, als hätte er eine Wäscheklammer auf der Nase.

»Aber es ist gerade erst halb sechs!«, rief Tilly. »Und Züge verspäten sich doch normalerweise!«

»Die Fahrgäste aus Blasslingen legen viel Wert auf eine pünktliche Abfahrt«, näselte der Mann. »Ich wüsste nicht, was es da zu diskutieren gäbe.«

Nico holte tief Luft und legte beide Hände auf den Tresen vor dem Ticketschalter. »Okay, was anderes.

Hat vorhin eine Frau mit schwarzen, kinnlangen Haaren eine Fahrkarte bei Ihnen gekauft?«

»Ja, in der Tat, ich kann mich an diese Person erinnern«, sagte der Ticketverkäufer und verzog das Gesicht. »Sie schien an Übelkeit zu leiden und presste sich die ganze Zeit ihre Aktentasche gegen den Bauch. Ich hatte schon Angst, ihr würde gleich ein *unaussprechliches Missgeschick* auf meinem sauberen Tresen passieren.«

Tillys Kehle zog sich zusammen. Das konnte nur bedeuten, dass Zapp tatsächlich in der Aktentasche der Wunderdiebin steckte! Wenn die Frau ihn so

krampfhaft festhielt, hatte sie ihn bestimmt noch nicht ausgesaugt – aber sobald sie zu Hause war, würde niemand mehr Pips Wunderding retten können.

»Eine letzte Frage«, wandte Tilly sich an den Ticketverkäufer.

Der stieß einen tiefen Seufzer aus. »Ihr werdet euch wohl kaum davon abhalten lassen.«

»Wann fährt der nächste Zug nach Blauwinkel?«

»In drei Stunden.«

»Nicht im Ernst«, protestierte Tilly schwach.

»Nun ja, nicht ganz. Eigentlich fährt er in zwei

Stunden und fünfundfünfzig Minuten«, sagte der Mann würdevoll und ließ den Rollladen hinunterrasseln.

Wie begossene Pudel trotteten die drei vom Bahnsteig und setzten sich auf eine Bank. »Das war's«, murmelte Pip. »Ich werde Zapp niemals wiedersehen. Nur für so kurze Zeit konnte ich ihn beschützen! Ich bin die schlechteste Wunderhüterin der Welt, und man sollte mich ... den Krähen zum Fraß vorwerfen.«

Tilly wollte irgendetwas Tröstliches sagen, aber Pip war noch nicht fertig. »Außerdem sollte man mir jedes Haar einzeln ausrupfen«, redete sie düster weiter. »Oder mich zwingen, Piamarias blau-rosa Kleider zu tragen, bis ich tot umfalle. Oder mich im faden, klumpigen Kartoffelbrei aus der Schulkantine begraben. Oder ...«

An diesem Punkt beschloss Tilly, dass sie nichts anderes für ihre Freundin tun konnte, als für sie da zu sein. Nico hatte offenbar denselben Gedanken. Also hörten sie schweigend zu, wie Pip sich alle Schlechtigkeiten der Welt wünschte – wobei sie erstaunlich einfallsreich war.

»... oder mich in Schuhen voll Legosteinen herumlaufen lassen. Oder mein Kopfkissen mit Tante Gudruns Stinkeparfum einsprühen. Oder mich mit Herrn Klausner und einem Grammatik-Buch auf eine Kreuzfahrt schicken«, jammerte sie gerade, als sich plötzlich Schritte näherten.

»Oh, da seid ihr ja«, sagte eine sanfte Stimme, und jemand anders fragte spöttisch: »Ihr fahrt wohl in den Urlaub, was?«

Überrascht blickte Tilly auf. »Bastian! Gabriel! Was macht ihr denn hier?«

»Blöde Frage.« Gabriel, der auf ihre Bank zuspaziert kam, verdrehte hinter den eckigen Brillengläsern die Augen. »Du warst vorhin am Telefon so komisch, dass ich der Sache auf den Grund gehen wollte. Und weil ihr euch für Blauwinkel interessiert habt, war nicht schwer zu erraten, wo ihr zu finden seid.«

»Eigentlich wollten wir jetzt bereits im Zug sitzen«, sagte Tilly niedergeschlagen. Dann erzählten sie und Nico die ganze Geschichte, während Pip als stummes Häufchen Elend zwischen ihnen hockte.

»Klingt ja echt übel«, meinte Gabriel, als sie fertig waren. »Soweit ich weiß, verbrauchen Wunderdie-

be ständig Magie und haben Panik, dass sie irgendwann wieder zu ganz gewöhnlichen Menschen werden. Diese Frau wird den Umhang also nicht lange verschonen …«

»Danke, das wissen wir«, brummte Nico. »Deswegen wollen wir sie ja so schnell wie möglich einholen. Aber uns steht nun mal kein Düsenjet zur Verfügung, euch vielleicht?«

Tilly fuhr mit einem solchen Ruck von der Bank hoch, als hätte jemand sie mit einer Nadel gepikt. »Einen Düsenjet haben wir nicht, aber … Moment, bin gleich wieder da!« Ohne auf die verdutzten Mienen der anderen zu achten, rannte sie zu den Fahrrädern, die sie am Eingang zum Bahnhof stehen lassen hatten. Der altmodische, braun karierte Regenschirm sah auf dem Gepäckträger des rosa Fahrrads ziemlich merkwürdig aus. Trotzdem spürte Tilly einen Hauch von Vorfreude bei seinem Anblick – und dieses wohlig-warme Kribbeln wurde sogar noch stärker, als sie nach dem Schirm griff. Triumphierend schwenkte sie ihn durch die Luft, während sie wieder zu der Bank stürmte. »Hier! Den meinte ich! Was sagt ihr dazu?«

Gabriel zog verständnislos die Augenbrauen hoch. »Dass es nicht regnet. Und dass dieses Ding ziemlich hässlich ist.«

»Genau, das ist er!«, stimmte Tilly begeistert zu, und jetzt starrten sie auch die anderen an, als hätte sie nicht mehr alle Tassen im Schrank. Unbeirrt fuhr sie fort: »Obwohl er so hässlich und sperrig ist, hab ich mir genau *den* auf dem Flohmarkt ausgesucht und schleppe ihn die ganze Zeit mit mir rum. Ich glaube, ich habe eine besondere Verbindung zu ihm! Und wisst ihr, was das bedeutet?«

Das seltsame Starren ging weiter, nur Pip richtete

sich kerzengerade auf. »Du könntest uns daraus eine Flugmaschine bauen?«, hauchte sie.

»Das hoffe ich jedenfalls«, stimmte Tilly zu. »Aber dafür brauche ich eure Hilfe.«

11. Kapitel

Tillys Erfindungen begannen fast immer mit Gekritzel. Vor allem, wenn sie einen komplizierten Apparat bauen wollte, musste sie ihre Idee zuerst unbedingt zu Papier bringen. Also holte sie auch jetzt ihr Notizbuch aus dem Rucksack und zeichnete drauflos.

»Mit dem Schirm soll man das Tempo einstellen können«, redete sie vor sich hin. »Je weiter man ihn abspannt, desto schneller wird er ... und wenn er komplett aufgespannt ist, stoppt er. Wir brauchen noch einen Antrieb, so was wie einen Propeller oben am Schirmdach. Und leider hab ich keine Ahnung, wie wir uns am Griff festhalten sollen!«

»Mary Poppins schafft das doch auch«, sagte Gabriel. Man konnte hören, dass er nicht wirklich an den Flugmaschinen-Plan glaubte. Nico und Pip warfen ihm strenge Blicke zu, aber Tilly ließ sich nicht ablenken. Wenn sie erst mal mit dem Erfinden losgelegt hatte, wäre nicht einmal eine Horde tanzender Pinguine in der Lage gewesen, sie durcheinanderzubringen.

»Stimmt, aber Mary Poppins müsste eigentlich einen Arm wie ein Gewichtheber haben, um das zu schaffen«, entgegnete sie. »Außerdem ist am Griff niemals genug Platz für mehrere Hände. Der Schirm müsste sich irgendwie an uns anpassen.« Nachdenklich kaute sie am Ende ihres Bleistifts herum – auch das tat sie gerne beim Erfinden, und dabei ärgerte sie sich jedes Mal, dass sie noch keinen Stift mit Schoko-Geschmack erfunden hatte.

Bastian räusperte sich. »Sich anpassen wie Gabriels, äh, Zauberstuhl?«

Verblüfft hob Tilly den Kopf. »Ja, *genau* wie Gabriels Zauberstuhl! Aber das wäre halt eine weitere magische Fähigkeit. Ich glaube nicht, dass ich es mit einem einzigen Fläschchen Magie schaffen kann, dass der Schirm sich ausdehnt, bremst und fliegt …«

»Das brauchst du auch gar nicht.« Nico öffnete seinen Rucksack und holte etwas heraus.

»Dein Flugzeug?«, fragte Tilly und spürte ein Flattern wie von aufgeregten Schmetterlingen im

Bauch. Das bekam sie immer, wenn sie ganz dicht dran war, etwas richtig Geniales zu bauen.

»Jap. Ich werde einfach versuchen, den Propeller ein *kleines* bisschen stärker zu machen als geplant.« Nico zuckte mit den Schultern, als würde er jeden Tag Papierflieger basteln, mit denen man Menschen in die Luft befördern konnte. Ohne noch lange zu überlegen, nahm er das Magie-Fläschchen von seinem Hals und hielt es einsatzbereit nach vorne.

Pip hatte inzwischen ebenfalls in ihrem Rucksack gekramt und ein Päckchen Kaugummi gefunden. »Nehmen wir etwas davon, um den Flieger am Schirm zu befestigen«, schlug sie vor. »Ich hab noch einen winzigen Rest Magie, den kann ich verwenden, um die Klebrigkeit zu erhöhen!«

»Und ich, ich hab eine Rolle Schnur in der Tasche«, sagte Bastian eifrig. »Wollte gerade versuchen, ob mein Wirrwarrding sich an die Leine nehmen lässt, als du angerufen hast ... Na ja, mit dieser Schnur könnte man den Schirm vielleicht lenken!« Er deutete auf die Zügel, die Tilly in ihrer Skizze eingezeichnet hatte.

»Wir sollen gleichzeitig lenken und uns am Schirmgriff festhalten?« Nico runzelte die Stirn.

»Ich glaub nicht, dass das funktioniert. Wir müssten uns schon irgendwo draufsetzen.«

Gabriel hatte währenddessen den Blick auf seine Schuhe gerichtet. Um genau zu sein, betrachtete er sie, als wären es die erstaunlichsten blauen Sneaker der Welt. Auch als es um ihn herum ganz still wurde, hielt er stur den Kopf gesenkt.

Tilly holte tief Luft. »Duhu?«, fragte sie. »Gabriel?«

»Hmpf«, machte Gabriel.

»Hast du zuuufällig deinen Klappstuhl im Rucksack?«

»Grmpf«, machte Gabriel.

»Und könntest du dir dann *eventuell* vorstellen …«

Gabriels Kopf flog hoch. »Nein! Vergesst es! Das kommt überhaupt nicht infrage!«, rief er so empört, als hätte Tilly sich erkundigt, ob sie mal eben seine Unterhose ausleihen könnte. »Ich will den LS 2022 nicht dafür opfern, dass ihr vielleicht ein riesiges Wirrwarrding zusammenbastelt!«

Kaum hatte er den Satz beendet, da spürte Tilly, wie sich Lux aus dem Kragen ihrer Jacke zwängte. Mit einem gewagten Satz sprang er zu Gabriel hinüber und kletterte an ihm hoch, bis er seine Schulter erreicht hatte. Von dort aus beugte er sich zu Gabriels Gesicht – so nahe, dass er ihm mit gewöhnlichen Flammen bestimmt die Augenbrauen versengt hätte.

Gabriel schnitt eine Grimasse. »Was macht er da?!«

»Er schaut dir in die Augen«, sagte Tilly ernst. »Sehr tief und sehr eindringlich. Weil er weiß, dass du seinen Freund Zapp nicht im Stich lassen wirst!«

Ein paar Sekunden blieb Gabriel noch hart – dann

ließ ihm Lux ein gebrochenes Herz aus Rauch ins Gesicht steigen, und er knickte ein. »Na schön, meinetwegen!«, rief er, während er mit beiden Händen den Rauch wegwedelte.

Tilly und Pip jubelten, und Nico klopfte Gabriel dankbar auf den Oberarm. Nur Bastian wirkte eher verängstigt als erfreut. »Denkt ihr wirklich, dass wir ein großes Wirrwarrding erschaffen könnten?«, fragte er, während sie mitsamt ihren Rucksäcken und dem Schirm hinter ein paar Müllcontainern in Deckung gingen. Die Blasslinger Müllcontainer waren sehr groß (und natürlich auch sehr glänzend) – so gaben sie einen wunderbaren Sichtschutz ab, falls jemand gerade zum Bahnhof wollte.

»Es wird schon alles klappen, wenn wir uns nur gut genug konzentrieren.« Entschlossen steckte Pip sich ein Stück Kaugummi in den Mund. Tilly spannte inzwischen den Schirm auf, Nico prüfte noch einmal den Propeller, und Gabriel faltete widerstrebend seinen Stuhl auseinander. Dann bauten sie alles so zusammen, wie es auf Tillys letzter Skizze zu sehen war: Mit einem Stück Kaugummi klebte Pip den Papierflieger auf die Schirmspitze; den gebogenen Griff band Tilly an die Lehne von Gabriels Klappstuhl, und die Jungen befestigten Schnüre an den Seiten des Schirmdachs. Als das erledigt war, griffen sie alle gleichzeitig nach ihren Fläschchen voll reiner Magie.

»Denkt daran«, sagte Tilly, »wir müssen fest davon überzeugt sein, dass es funktioniert. Keine Zweifel mehr!«

»Sonst könnte gleich ein wahnsinniger Schirm durch die Gegend fliegen und versuchen, uns alle aufzuspießen«, fügte Gabriel hinzu.

Nico verdrehte die Augen. »Das war nicht besonders hilfreich.« Er schraubte sein Fläschchen auf und hielt es über den Propeller. Pip stellte sich dicht neben ihn, um mit ihrem Rest Magie genau die Stelle zu treffen, an der sie den Papierflieger festgeklebt hatte. Währenddessen zielten Tilly auf den Schirm und Gabriel auf den Klappstuhl.

»Ich ... ich zähl bis drei, okay?«, sagte Bastian, und seine Stimme zitterte ein bisschen. »Eins!«

Schnell kniff Tilly die Augen zu und stellte sich vor, mit der Flugmaschine in die Luft zu steigen. Sie dachte daran, wie sie den Boden unter den Füßen verlieren würde. Wie der Wind ihre Haare durch-

einanderwirbelte und die Häuser immer mehr zu schrumpfen schienen …

»Zwei!«

Aber was, wenn die Flugmaschine hoch in der Luft plötzlich den Geist aufgab? Oder wenn alles funktionierte, worum die anderen sich gekümmert hatten – nur nicht ihr Schirm als Bremse? Dann würden sie gezwungen sein, immer weiter und weiter zu fliegen, bis sie irgendwann gegen ein Haus prallten. Oder gegen den Eiffelturm. Oder den Uluru, diesen riesigen roten Felsen in Australien …

Nein, hör auf, befahl sich Tilly streng. *Es wird funktionieren. Es MUSS einfach funktionieren!*

»Drei!«, hörte sie Bastians Stimme wie von fern. Da holte sie noch einmal tief Luft und drehte die Öffnung des Fläschchens nach unten.

12. Kapitel

Wenn Tilly gerade etwas Neues gebaut hatte, gab es meistens einen ganz besonderen, stillen Moment. Das waren die Sekunden, in denen sie den Atem anhielt und voller Spannung darauf wartete, was als Nächstes passierte. Manchmal gab es eine schöne Überraschung – zum Beispiel vor ein paar Wochen, als ihr Schleim-Apparat erstaunlich gut funktioniert hatte und wunderschöner grüner Glibber aus seinem Trichter gekommen war. Natürlich musste Tilly auch auf weniger tolle Ergebnisse gefasst sein, die dann oft mit Überschwemmungen, stinkendem schwarzem Rauch und ziemlich viel Chaos zu tun hatten. Aber jetzt, da sie alle erwartungsvoll die Flugmaschine anschauten, passierte ... nichts. Gar nichts. Schirm, Papierflieger und Klappstuhl sahen genauso *unmagisch* aus wie zuvor.

Gabriel brach schließlich ihr Schweigen. »Na toll«, sagte er und warf sein leeres Fläschchen in einen der Müllcontainer. »Das war ja eine grandiose Magie-Verschwendung. Wilma wird begeistert sein!«

»Jetzt gib Schirmbert doch wenigstens eine Chance!«, rief Pip. Gabriel verdrehte die Augen, aber Tilly nickte heftig. Erstens, weil *Schirmbert* ein richtig guter Name war, und zweitens, weil sie vermutlich kein selbstständiges Wunderding wie Lux erschaffen hatten. Die Flugmaschine würde ihre Magie wohl erst zeigen, wenn sie benutzt wurde, so wie Nicos Kompass! Also blieb ihnen nichts anderes übrig, als sie einfach auszuprobieren.

Kurzerhand nahm sie auf dem Klappstuhl Platz und klopfte auf die winzige freie Stelle neben sich. »Pip, setz dich zu mir!«

Obwohl nicht mal mehr ein halber Po auf die Sitzfläche passen konnte, stellte sich Pip, ohne zu zögern, vor den Stuhl und ging in die Knie. Um ein Haar wäre sie zu Boden geplumpst – da dehnte sich die Sitzfläche mit einem leisen Knarren aus.

Gabriel sprang vor Freude in die Luft. »Ja! Ich wusste doch, dass der LS funktioniert!«, jubelte er und warf sich neben Pip. Wieder knarrte es, und wieder wurde der Stuhl ein Stück breiter.

»Klar wusstest du das«, sagte Nico ein bisschen spöttisch, aber man merkte ihm an, dass auch er sich freute. Mit einer Hand schob er Bastian zu dem Klappstuhl, der nun schon wie eine Bank aussah, und mit der anderen griff er nach der Lehne. »Okay, ich werde jetzt den Propeller in Gang setzen. Tilly, du regelst die Geschwindigkeit, und ihr anderen kontrolliert die Flugrichtung. Aber hebt bitte erst ab, nachdem ich aufgesprungen bin!«

Mit wild pochendem Herzen kniete Tilly sich verkehrt herum auf die Sitzfläche und drückte auf den metallenen Knopf, um den Schirm abzuspannen. Gleichzeitig hielt sie ihn aber so, dass er weiterhin offen blieb: sozusagen auf *Stopp*. Nico reckte sich inzwischen bis zum Papierflieger hoch und drehte am Propeller. »Bereit?«, fragte er ein bisschen heiser. »Dann lasse ich jetzt los.«

Zuerst war da nur ein feines Brummen, so wie von einem Kühlschrank. Nach und nach wurde es lauter, und die Bank begann zu wackeln. Tilly nahm all ihren Mut zusammen, ehe sie den Schirm ein bisschen einklappen ließ. In der nächsten Sekunde vollführte die Maschine einen Satz und knallte gegen die Müllcontainer. Gabriel, Pip und Bastian schrien auf.

»Ihr müsst lenken!«, rief Tilly. »Haltet die Zügel fest!«

Die Flugmaschine zitterte nun wie ein Rennpferd, das unbedingt losstürmen wollte. Während die anderen hektisch nach den Schnüren griffen, hatte Tilly Mühe, den Schirm am Zusammenklappen zu hindern. Wieder prallten sie an die Container, und Tillys Hände rutschten ab. Sofort schoss die Maschine zwei Meter hoch in die Luft. Nico konnte sich gerade noch an der Lehne festklammern, doch auf die Bank schaffte er es nicht, weil die wild hin und her schaukelte.

»Schirmbert, stopp!«, schrie Tilly. Mit aller Kraft spannte sie den Schirm weiter auf, und tatsächlich blieb die Flugmaschine mitten in der Luft stehen. Bastian lehnte sich zur Seite, um Nico zu helfen. Es überraschte Tilly, wie kräftig er war. Nur ein Ruck, dann hatte er Nico auf die Bank gezogen.

»Danke«, keuchte Nico. »Schirmbert hat für sein Alter echt 'ne Menge Energie.«

»Und die sollte er verwenden, um uns von hier

wegzubringen«, sagte Pip. »Schnell, bevor ihn auch die anderen Blasslinger kennenlernen!«

Jetzt erst wurde Tilly bewusst, wie viel Krach sie gemacht hatten – und dass sie für alle gut sichtbar über dem Boden hingen. Wenn ihre Eltern vorbei-

kämen, würden sie wahrscheinlich vor Schreck in Ohnmacht fallen!

»Okay, wir müssen alle zusammenhelfen«, sagte sie hastig. »Bastian, du steuerst nach rechts, Gabriel nach links, Pip nach vorne. Nico, du lässt dir von deinem Kompass den Weg nach Blauwinkel zeigen, und ich bremse.«

»Gute Idee«, meinte Nico und zückte sein Wunderding. »Dann müssen wir nicht den Schienen folgen, sondern können versteckt über den Wolken fliegen. Haltet die Schnüre mal ganz ruhig, damit wir höher steigen!«

Die anderen nickten stumm, und Tilly ließ den Schirm vorsichtig ein bisschen einklappen. Augenblicklich erhob sich die Flugmaschine in die Luft, und ihr Brummen klang wie ein begeistertes »Huuuui!«.

Als Tilly ein paar Sekunden später nach unten schaute, fühlte sie ein heftiges Ziehen im Bauch. Blasslingen erinnerte an eine grau karierte Picknickdecke! War dieses Rechteck dort drüben die Schule? Und eines dieser winzigen, genau gleichen Quadrate ihr Zuhause? Tilly war beinahe froh, als sie die Wolken durchbrachen und nur noch verschwommenes Weiß unter sich sahen. So konnte sie sich vorstellen, dass sie knapp über schneebedecktem Boden dahinschwebten und nicht dreißig Meter hoch in der Luft.

»Puh, ist das kalt!«, quietschte Pip neben ihr. »Bevor wir das nächste Mal durch die Gegend fliegen, erinnere mich bitte an Mütze und Handschuhe!« Mit flatternden Zöpfen grinste sie Tilly an. Ihre Freude darüber, dass sie Zapp jetzt zu Hilfe eilten, war eindeutig größer als ihre Angst.

Tilly gelang ein kleines Lächeln, und sie bemühte sich, gar nicht mehr nach unten zu blicken. Stattdessen konzentrierte sie sich nur noch auf den Schirm, mit dem sie behutsam bremste oder beschleunigte. So konnte sie zwar nicht sehen, wo die Reise hinging, aber die anderen sorgten schon dafür, dass sie in die richtige Richtung flogen.

»Backbord!«, befahl Nico über das Brausen des Windes hinweg, oder: »Jetzt leicht steuerbord, dann den Kurs halten …« Er klang beinahe wie ein Kapitän oder ein Kommandant auf einem Raumschiff, fand Tilly. Jedenfalls, bis er plötzlich einen sehr langen, gar nicht kapitänsmäßigen Fluch ausstieß.

»Ähm, Leute?«, rief er dann. »Ich fürchte, wir haben ein Problem.«

13. Kapitel

Erschrocken drehte Tilly den Kopf und schaute über die Schulter hinweg zu Nico. Dabei musste sie dem Schirm etwas zu viel nachgegeben haben, denn schon wieder sauste er mit einem lautstarken »Huuuuui!« in die Höhe. Die anderen hielten sich automatisch an den Zügeln fest, und prompt vollführte Schirmbert ein paar wilde Schlenker. Schreiend taumelten sie auf der Bank gegeneinander, bis sie die Flugmaschine wieder unter Kontrolle hatten.

»Muss das sein?«, schimpfte Gabriel. »Konzentriert euch doch bitte, das ist ja wirklich nicht zu viel verlangt!«

»Erklär das lieber dem da«, meinte Nico und zeigte den anderen seinen Kompass. Die Nadel wies in genau die Richtung, aus der sie eben gekommen waren! Als niemand reagierte, wackelte sie ein paarmal energisch hin und her, so als wollte sie sagen: *Hallo-ho, beachtet mich gefälligst!*

»Heißt das, wir sind die ganze Zeit in die falsche Richtung geflogen?«, fragte Bastian verzagt.

»Vielleicht ist der Kompass auch einfach nur durcheinander.« Nico klopfte leicht mit dem Zeigefinger auf sein Wunderding, aber die Nadel ließ sich nicht von ihrer Meinung abbringen. Stur deutete sie weiter zum unteren Kompass-Rand, genau auf das S für »Süden«.

»O-oder er friert zu sehr und st-st-streikt«, schlotterte Pip, deren leicht abstehende Ohren vor Kälte dunkelrot waren. »V-v-versprich ihm irgendwas, um ihn aufzumuntern!«

»Und womit kann man einen Kompass deiner Meinung nach bestechen?«, fragte Nico. »Vielleicht mit einem warmen Schaumbad?«

Der Kompass wirkte nicht beeindruckt. Er wackelte nur wieder ungeduldig mit seiner Nadel, bis Gabriel nach Luft schnappte. »Dreh ihn doch mal so!«, rief er und drückte Nicos Hand nach oben. Jetzt balancierte Nico den Kompass nicht mehr flach auf der Handfläche, sondern hielt ihn aufrecht vor sich. Die Nadel blinkte erfreut und hörte zu wackeln auf.

»Da, seht ihr?«, keuchte Gabriel. »Er will gar nicht, dass wir zurückfliegen – sondern dass wir landen!«

»O Mann, du hast recht!« Nico beugte sich gefährlich weit nach vorne, um durch die Wolkendecke zu spähen. »Ich glaube, Blauwinkel liegt schon genau unter uns! Wir müssen runter, und zwar sofort!«

Tilly kniete sich wieder verkehrt herum auf ihren Platz und gab ihr Bestes, den Propeller zu verlangsamen. Endlich begannen sie zu sinken, wurden aber immer noch vorwärtsgetrieben. Verschwommen sah Tilly unter sich Häuser und Bäume. Auch den Bahnhof glaubte sie zu erkennen. Und näherte sich dort hinten nicht gerade ein Zug …?

»Wir sind viel zu hoch«, stöhnte Pip. »Das muss schneller gehen, sonst fliegen wir über Blauwinkel hinweg. Warte, ich helfe dir!« Sie kniete jetzt mit dem Rücken in Flugrichtung und bemühte sich, den Schirm aufzuspannen. Im selben Augenblick fuhr ein Windstoß hinein und stülpte ihn um.

Was dann folgte, war wie eine Fahrt mit der Achterbahn. Tillys Magen schien nach oben zu rutschen, während Schirmbert in die Tiefe sauste. Kurz gab er noch ein Brummen von sich, das wie ein enttäuschtes »Ouuuuh« klang, ehe er verstummte. Der Propeller war komplett ausgefallen.

»FESTHALTEN!«, brüllte Nico. Tilly griff nach der Sitzlehne und spürte, wie sich Pips Finger in ihr Bein krallten. Der Wind pfiff in ihren Ohren, peitschte ihr die Haare ins Gesicht und raubte ihr fast den Atem. Gleich würden sie mit voller Wucht auf dem Boden landen! Was nützte es, wenn sie sich dabei gut festhielten?

Es ist DEINE Erfindung, schoss es Tilly durch den Kopf. *Mach was!*

Also ließ sie die Lehne wieder los und fasste nach oben. Mit ihrem ganzen Gewicht hängte sie sich an den Schieber, bis der Schirm wieder in die richtige Richtung klappte. Jetzt bremste er, aber es war viel zu spät. Tilly kniff die Augen zusammen – und hörte ein lautes Rascheln. Äste und Zweige schrammten ihre Beine entlang. Die Bank schaukelte heftig, dann wurde es still.

Langsam, ganz langsam lösten sich Pips Finger

von Tillys Oberschenkel. »Ich glaube«, hörte Tilly ihre Freundin flüstern, »wir leben noch.«

»Aber nur knapp«, ächzte Gabriel.

»Ich hab Blätter, wo ich keine Blätter haben möchte«, sagte Nico und spuckte aus.

»Br-br-brrrm«, stotterte der Propeller. Wahrscheinlich wollte Schirmbert sagen: *Was habt ihr da zu jammern? Guckt doch mich mal an!*

Tatsächlich hatte es die Flugmaschine am schlimmsten erwischt. Sie war mitten in einem Baum am Bahnhofsplatz gelandet, und mehrere Äste hatten sich mit der Bank verkeilt. Dass niemand ihre Bruchlandung mitbekommen hatte, grenzte an ein Wunder. Nur eine Frau, die mit einer Reisetasche über den Platz lief, schaute kurz in ihre Richtung. Hastig rutschten die Kinder tiefer ins Geäst des Baumes, und das Blätterdach schützte sie wohl gut genug vor fremden Blicken.

Erleichtert atmete Tilly auf, dann öffnete sie den Reißverschluss ihrer Jacke. »Ist alles in Ordnung mit dir?«, fragte sie Lux. Der schüttelte sich so heftig, dass ein paar Wachstropfen von seinen Kerzen kullerten. Fast sah es so aus, als wäre ihm vor Panik der Schweiß ausgebrochen.

»Ja, tut mir leid. Der nächste Flug wird bestimmt weniger abenteuerlich!«, versprach Tilly und fuhr liebevoll mit dem Zeigefinger über seine Flammen.

»Der nächste Flug?«, wiederholte Bastian. »Ich glaube nicht, dass wir bald weiterfliegen können – wenn überhaupt. Seht doch mal, wie sehr wir uns in den Zweigen verheddert haben!«

Jetzt, da ihn endlich alle beachteten, brummte der Flugapparat besonders jämmerlich. Seine Bank ruckelte ein bisschen, aber ansonsten passierte nichts. Schirmbert steckte eindeutig fest.

»Vielleicht klappt es, wenn wir alle absteigen und schieben«, schlug Nico vor. Er kletterte von der Bank und setzte sich in eine Astgabel, um von dort aus beide Hände gegen Schirmbert zu stemmen. Sofort kamen die anderen ihm zu Hilfe. Tilly dachte gerade, die Bank könnte sich ein wenig gelockert haben, als Pip einen leisen Schrei ausstieß.

»Da!«, flüsterte sie und zeigte zum Bahnhof.

Am Ausgang stand die Wunderdiebin, ihre Aktentasche fest unter den Arm geklemmt. Energisch schüttelte sie ihr glänzendes schwarzes Haar nach hinten, dann marschierte sie los.

14. Kapitel

»Das ist sie?«, flüsterte Gabriel, während er der Frau nachstarrte. »Faszinierend. Ich hab noch nie eine Wunderdiebin gesehen …«

»Und du wirst sie auch gleich nicht mehr sehen, wenn wir nicht sofort von diesem Baum klettern!« Nico ließ sich geschickt nach unten gleiten und landete mit einem federnden Sprung auf dem Boden. »Los jetzt! Oder sollen wir sie wieder aus den Augen verlieren?«

»Aber … aber Schirmbert!«, stammelte Tilly. Auch sie wollte der Frau am liebsten sofort hinterherrennen, aber sie konnte ihre Erfindung doch nicht einfach im Stich lassen. Noch dazu jetzt, da sie die Bank fast befreit hatten!

Unterdessen war die Wunderdiebin in die nächste Gasse abgebogen, und das Klappern ihrer Stöckelschuhe wurde rasch leiser. »Tilly, der Kompass nützt mir jetzt nichts mehr«, sagte Nico eindringlich. »Wir haben keine Ahnung, wo die Frau hingeht, und Zapp wird von ihrem Schutzschild verborgen, solange sie ihn direkt am Körper trägt. Das hier ist unsere einzige Chance!«

»Bitte komm«, drängte auch Pip und griff nach Tillys Hand. »Sobald wir Zapp wiederhaben, kümmern wir uns um die Flugmaschine, ja?«

Tilly blickte noch einmal zu dem alten, braun karierten Schirm hinauf, dann schaute sie in Pips bettelnde Augen. »Okay«, sagte sie. »Halte durch, Schirmbert, wir sind gleich zurück!« Genau wie Nico rutschte sie nach unten, bis sie mit ausgestreckten Armen an einem der Äste hing, dann ließ sie sich fallen. Auch die anderen sprangen schnell vom Baum, nur Bastian schien sich erst überwinden zu müssen. Als er endlich festen Boden unter den Füßen hatte, waren die Schritte der Wunderdiebin kaum noch zu hören.

»Ihr nach!«, zischte Gabriel. Auf leisen Sohlen huschten sie durch dämmrige Gassen und vorbei an Häusern, die allesamt in verschiedenen Blautönen gestrichen waren. Blauwinkel sah vielleicht nicht ganz so öde aus wie Blasslingen, aber hübsch fand Tilly die Stadt trotzdem nicht. Ein bisschen kam man sich hier vor, als liefe man über den Grund eines Swimmingpools. Gerade überlegte Tilly, ob es in Blauwinkel wohl auch eine Wunderschule gab, als Nico ihren Arm berührte. Stumm deutete er zum anderen Ende der Straße, wo eine Gestalt in einem karierten Mantel zu sehen war. Die Wunderdiebin! Sie ging leicht vorgebeugt, den Kopf gegen den Wind gestemmt und die Aktentasche fest umklammert. Zielstrebig marschierte sie auf eine Reihenhaus-Siedlung zu, ehe sie ganz plötzlich innehielt.

Tillys Herz setzte einen Schlag aus. Was sollten sie tun, wenn die Wunderdiebin sich umdrehte? Losrennen, damit sie ihnen nicht entwischen konnte, oder lieber in Deckung gehen? Panisch schaute Tilly nach allen Seiten, fand aber kein gutes Versteck. Sie rechnete schon damit, gleich ertappt zu werden – da strich sich die Diebin energisch über die Frisur und ging weiter.

»Uff«, hauchte Pip. »Ich schwöre, ich hätte mir fast in die Hose gemacht.«

»Ebenfalls«, gab Tilly im Flüsterton zurück. »Schnell weiter!« Mit weichen Knien huschten sie wieder los, und gleich darauf erreichten sie die Reihenhaus-Siedlung.

Anders als in Blasslingen gab es hier in den Vorgärten nicht nur Kies- und Rasenflächen, sondern auch ein paar Sträucher und Bäume. Außerdem standen überall Gartenzwerge, die mit ihren Glupschaugen hinter den Zäunen hervorstarrten. Tilly rieselte ein kalter Schauer die Wirbelsäule hinunter. Sie hatte das Gefühl, beobachtet zu werden, obwohl die Wunderdiebin immer noch ahnungslos vor ihnen herlief. Sicher waren die verflixten Zwerge schuld daran!

Am Ende der Straße öffnete die Frau ein Gartentor, an dem ein babyblaues Schild hing. In verschnörkelten Buchstaben war darauf zu lesen: ***FERIENHAUS FREDERIKE. 1–2 Personen. Buchungen unter ...*** Danach folgte eine Telefonnummer.

Die fünf Wunderschüler kauerten sich hinter den Zaun. »Was jetzt?«, wisperte Pip, aber niemand antwortete. Offenbar hatten sie alle nur bis zu dem Moment gedacht, in dem sie die Wunderdiebin eingeholt hatten. Kostbare Sekunden verstrichen, dann fiel die Haustür krachend ins Schloss.

»Echt klasse«, brummte Gabriel. »Wir sind die schlechtesten Geheimagenten aller Zeiten.«

»Frag doch mal deinen Würfel, ob er eine schlaue Idee für uns hat«, schlug Tilly vor.

Gabriel verzog das Gesicht. »Der würde mir höchstens klarmachen, dass wir ganz schnell abhauen sollen. Nichts von dem, was wir hier treiben, kann man wirklich als vernünftig bezeichnen!«

»Am besten klingeln wir einfach und stürzen uns dann auf sie. Immerhin sind wir fünf gegen eine!«, sagte Pip und ballte ihre kleine Faust.

»Wer weiß, was sie dann mit uns macht«, meinte Bastian beklommen. »Vielleicht kennen wir noch gar nicht all ihre Fähigkeiten …«

Wieder herrschte ratloses Schweigen, bis Nico den Kopf über den Zaun reckte. Im nächsten Moment schnellte er zu den anderen herum und pfiff leise durch die Zähne. »Hey, wir haben echt Glück. Eines der Fenster im Erdgeschoss steht offen!«

Nun richtete sich auch Tilly ein wenig auf und erkannte neben der Eingangstür ein dunkles Viereck. Klein, wie es war, musste es wohl zur Toilette gehören – aber um durchzuklettern, war es gerade groß genug.

»Warum lässt sie denn ein Fenster offen, wenn sie den ganzen Nachmittag in einer anderen Stadt verbringen wollte?«, fragte Tilly stirnrunzelnd.

»Ist ja nicht ihr eigenes Haus«, erwiderte Pip.

»Und vielleicht hat sie nur an all die Wunderdinge gedacht, die sie bald aussaugen würde. Zeigen wir ihr, was für ein Riesenfehler das war!«

Das ließen Tilly und Nico sich nicht zweimal sagen. Ohne ein weiteres Wort kletterten die Freunde über den Gartenzaun und schlichen durch den dämmrigen Vorgarten. Nach kurzem Zögern kamen ihnen Bastian und Gabriel hinterher. Gerade als sie das Haus erreicht hatten, wurde es hinter den großen Fenstern im Erdgeschoss hell. Erschrocken pressten sie sich gegen die Hauswand und hielten den Atem an. Einen Moment lang standen sie stocksteif, doch als hinter den Scheiben Radiomusik ertönte, tastete Nico nach seinem Kompass.

»Komisch«, flüsterte er. »Die Nadel zeigt nach oben – und ja, diesmal bin ich sicher, dass *oben* gemeint ist und nicht *geradeaus*. Vielleicht hat die Frau Zapp in den ersten Stock gebracht?«

Sofort warf Pip sich auf die Knie und krabbelte zu einem der großen Fenster. Zentimeter für Zentimeter richtete sie sich auf, bis sie über die Fensterbank sehen konnte. Dann zog sie hastig wieder den Kopf ein. »Dadrin ist sie! Ich hab sie gesehen!«, japste sie.

»Und ihre Tasche?«, fragte Nico.

»Verschwunden!«

Jetzt krochen auch die anderen zum erleuchteten Fenster. Dahinter befand sich eine gemütliche Wohnküche, und die Wunderdiebin stand mit dem Rücken zu ihnen am Herd. Wie es aussah, kochte sie sich gerade einen Tee. Dabei wippte sie mit dem Kopf zur Musik, die aus dem Radio plärrte. Hin und wieder machte sie sogar ein paar Tanzschritte. Sie trug immer noch ihre glänzenden

Stöckelschuhe, und nun konnte man sehen, dass ihr rotes Kleid genau dazu passte. Den karierten Mantel hatte sie ebenso wie die Aktentasche irgendwo abgelegt.

»Glaubt ihr, sie hat Zapp schon …«, begann Pip mit dünner Stimme und brach ab.

Tilly schüttelte den Kopf. »Bestimmt nicht! Sonst würde sie jetzt garantiert ihre neue Fähigkeit ausprobieren und nicht in aller Ruhe Tee kochen. Wahrscheinlich will sie sich erst ein bisschen aufwärmen, bevor sie mit dem Magie-Saugen beginnt.«

»Trifft sich doch perfekt«, raunte Gabriel. »Wenn wir den Tarnumhang da rausholen wollen, gibt es keine bessere Gelegenheit!«

Verblüfft schaute Tilly ihn an. »Du brauchst aber nicht mit reinzukommen, wenn du nicht willst. Nico, Pip und ich schaffen das auch zu dritt. Hast du nicht gesagt, das hier wäre total unvernünftig?«

Gabriel zuckte mit den Schultern. »Ach bitte. Es ist eine Herausforderung, und die mag ich zufälligerweise sehr gern.«

»Außerdem ist es genau das, was ein Wunderhüter nun mal tut«, meinte Bastian und klang ungewöhnlich entschlossen.

»Danke, Leute … Echt cool von euch.« Pip, die sich gern ein bisschen widerborstig gab, schien zur Abwechslung ehrlich gerührt zu sein. Allerdings hielt das nicht lange an. Im nächsten Moment huschte sie bereits zu dem offenen Fenster, drehte sich um und wisperte: »Na, los jetzt, genug getrödelt! Wer macht mir die Räuberleiter?«

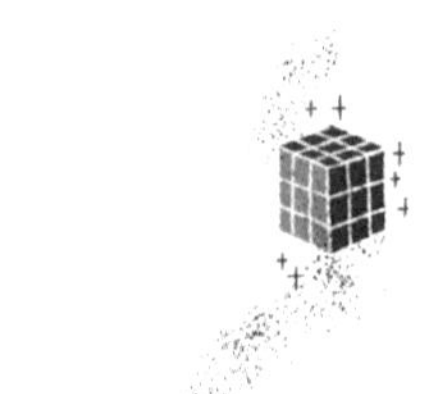

15. Kapitel

Tilly hatte richtig vermutet: Das kleine Fenster gehörte zu einer Toilette. Nachdem sie alle fünf hineingeklettert waren, platzte der Raum fast aus den Nähten.

»Du stehst auf meinem Fuß!«, schimpfte Gabriel und versuchte, Nico beiseitezuschieben.

»Tja. Und mein anderer Fuß steht auf dem Klo«, gab Nico zurück.

»Pst!« Tilly legte eine Hand auf die Türklinke und schaute die anderen warnend an. »Zwischen dem Klo und der Wohnküche ist sicher nur ein schmaler Gang. Sobald ich die Tür geöffnet habe, müssen wir ganz leise sein!«

Sie wartete, bis sie ihre Freunde im Halbdunkeln nicken sah, dann drückte sie vorsichtig die Klinke hinunter. Zum Glück schwang die Tür vollkommen lautlos auf und gab den Blick auf eine Diele frei. An einem Kleiderständer hing der Mantel der Wunderdiebin, doch von der Aktentasche fehlte jede Spur. Wortlos griff Nico nach seinem Kompass und hielt ihn so, dass die anderen ihn sehen konnten. Die Nadel zeigte immer noch nach oben.

Pip verzog das Gesicht und breitete die Arme aus, als wollte sie sagen: *Und wie, bitte schön, kommt man nach oben?* Dabei gab es nur eine Möglichkeit: Die Treppe musste von der Wohnküche ausgehen. Wie gut hätten sie jetzt einen Tarnumhang gebrauchen können! Auf Zehenspitzen näherte sich Tilly der nächsten Tür, die ein wenig offen stand. Durch den Spalt sahen sie die Wunderdiebin, die gerade trällernd am Radio herumschraubte. Sie wirkte vollkommen vertieft – aber wäre es nicht trotzdem verrückt, einfach durch den Raum zu schleichen? Immerhin konnte die Wunderdiebin sich jeden Moment umdrehen!

Während Tilly noch überlegte, spürte sie auf einmal ein Ruckeln unter ihrer Jacke. Lux hatte sich bis zur Kragenöffnung hochgearbeitet und spähte ins Freie. Hastig versuchte Tilly, ihm ohne Worte verständlich zu machen, dass sie auf gar keinen Fall von der Frau gesehen werden durften: Sie zeigte auf die Wunderdiebin, dann auf ihre Augen und schüttelte heftig den Kopf. Lux beobachtete sie aufmerksam, die mittlere Kerze leicht schief gelegt. Als sie fertig war, streckte er eine Flamme zu ihr nach oben. Für einen kurzen Augenblick glaubte Tilly, er wollte ihr eines seiner typischen High Fives geben. In der nächsten Sekunde wurde ihr bewusst, was seine Geste eigentlich bedeuten sollte: *Moment, das haben wir gleich.*

Es kam so unerwartet, dass Tilly überhaupt nicht reagieren konnte. Blitzschnell hatte Lux sich aus der Jacke befreit und war durch den Türspalt gesprungen. Dann durchquerte er halb schlitternd, halb hopsend den Raum, bis er zur Küchenzeile kam. Dort stand immer noch der Teekessel auf dem Herd und dampfte vor sich hin. Starr vor Entsetzen, beobachtete Tilly, wie Lux erst auf einen Hocker und danach auf die Anrichte hüpfte.

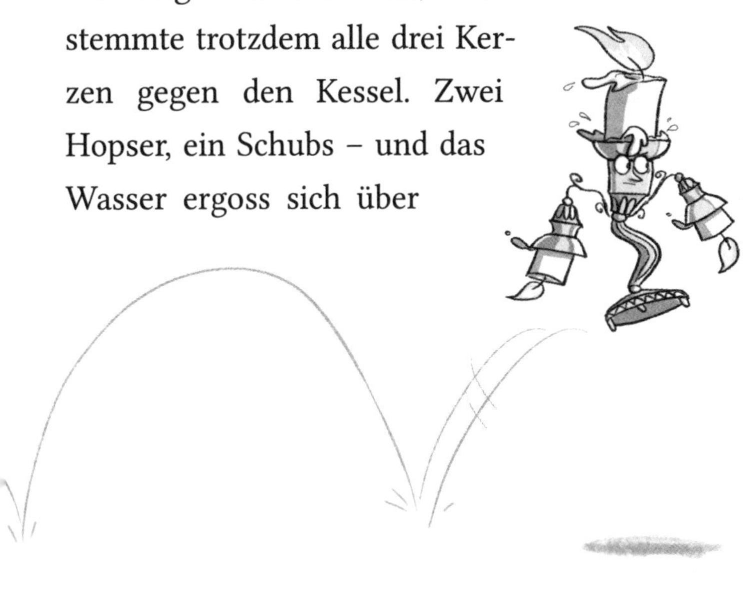

Pip hielt ihren Mund an Tillys Ohr. »Ist er verrückt geworden?«, hauchte sie, doch Tilly konnte nur stumm den Kopf schütteln. Sie wusste genau, warum Lux sich dermaßen tollkühn benahm: Er fühlte sich verantwortlich für alles, was mit Zapp geschah, weil er in der Nähe der Wunderdiebin Rauchzeichen gemacht hatte! Um den Tarnumhang zu retten, traute er sich sogar an den Teekessel voll Wasser heran. Seine Flammen wurden vor Angst zwar eisblau, aber er stemmte trotzdem alle drei Kerzen gegen den Kessel. Zwei Hopser, ein Schubs – und das Wasser ergoss sich über den Boden. Mit einem Satz ging Lux hinter einer Packung Cornflakes in Deckung. Als der Kessel scheppernd auf den Fliesen landete und die Wunderdiebin herumfuhr, war von dem Kerzenständer nichts mehr zu sehen.

»Jetzt oder nie!«, hörte Tilly Nico zischen. Er packte sie am Arm, und sie taumelte hinter ihm in die Wohnküche. Immer noch dudelte das Radio so laut, dass sie nicht einmal schleichen mussten. Während die Wunderdiebin fluchend zu der riesigen Pfütze eilte, durchquerten sie den Raum und erreichten die Treppe. Verzweifelt bemühte sich Tilly, über das Treppengeländer einen Blick auf Lux zu erhaschen.

»Wir holen ihn später«, flüsterte Nico. »Sobald wir Zapp wiederhaben und unsichtbar sind, schaffen wir das mit links!«

Tilly biss die Zähne zusammen und nickte. Sie machte sich zwar furchtbare Sorgen um Lux, aber wenn er still hielt, würde ihn die Frau hoffentlich nicht finden. Wie sollte sie auch ahnen, dass plötzlich ein fremdes Wunderding in der Küche war?

Im oberen Stockwerk angelangt, ließ Nico Tillys Arm los, um wieder nach seinem Kompass zu greifen. Kurz drehte er ihn zwischen den Fingern, dann zeigte er zu einer Tür am Ende des Flurs. Pips Augen begannen zu leuchten. Wieselflink huschte sie durch den Flur, erreichte die Tür als Erste und riss sie auf. Dahinter befand sich ein Schlafzimmer, das genau so aussah, wie man es in einem gemütlichen kleinen Ferienhaus erwartete: Es gab ein Bett mit gestreifter Überdecke, einen Schreibtisch unter dem Fenster und einen weiß gestrichenen Kleiderschrank. Diese Einrichtung passte allerdings gar nicht zu dem seltsamen Gerümpel, das die Wunderdiebin achtlos auf dem Fußboden liegen lassen hatte.

»Was sind denn das für Sachen?«, fragte Bastian und hob einen verbeulten Zylinderhut auf.

Tillys Blick wanderte über eine kaputte Lampe, ein Amulett, einen Teddybären und eine alte Suppenschüssel. Sie hatte einen Kloß im Hals und musste schlucken, ehe sie Bastian antworten konnte. »Ich glaube«, sagte sie gepresst, »das sind die verschwundenen Wunderdinge von Blauwinkel.«

»Die *ehemaligen* Wunderdinge«, verbesserte Nico düster, aber Pip schien gar nicht richtig zuzuhören. Sie stolperte über die verstreuten Dinge hinweg zum Schrank und öffnete ihn. Zwischen einigen

Kleidern hing ein leicht verknitterter Mantel, der in allen Regenbogenfarben schillerte.

»Zapp!« Pip zerrte den Tarnumhang von der Stange und drückte ihn an sich. »Ich hätte niemals zulassen dürfen, dass diese gemeine Frau dich klaut! Aber jetzt bin ich ja da, also hör bitte auf zu schmollen, und …« Sie stockte, hielt den Umhang von sich weg und schüttelte ihn. Zapp flatterte hin und her, doch sobald Pip ihn nicht mehr bewegte, hing er wieder schlaff in ihren Händen. So als wäre er ein völlig normales, absolut unmagisches Stück Stoff.

»Ich fürchte, er kann dich nicht hören, meine Kleine«, ertönte eine Stimme hinter ihnen. Die Wunderschüler fuhren herum und sahen … nichts. Nur die Schlafzimmertür, die sich ganz langsam und wie von Geisterhand schloss. Dann begann die Luft direkt vor der Tür zu flimmern. Sie verdichtete sich, formte eine Gestalt und wurde von einer Sekunde auf die andere in Farben getaucht.

»Aber nur keine Sorge«, redete die Wunderdiebin weiter, den Mund zu einem Lächeln verzogen. »Seine Magie hat mir ganz ausgezeichnet geschmeckt.«

16. Kapitel

Pip stieß einen gellenden Schrei aus. »Nein! Das können Sie nicht machen! Geben Sie sofort Zapps Magie wieder her!«

Tilly musste ihre Freundin festhalten, sonst hätte sie sich womöglich auf die Wunderdiebin gestürzt. Die Frau schnalzte allerdings nur unbeeindruckt mit der Zunge. »Also erstens«, sagte sie, »heißt das *bitte.* Ihr Kinder scheint ausgesprochen schlechte Manieren zu haben. Das merkt man ja schon daran, dass ihr einfach in fremde Häuser einbrecht.« Sie wackelte mahnend mit dem Zeigefinger. »Zweitens denke ich überhaupt nicht daran, irgendwas wieder herzugeben. Ich hatte eine Portion Magie dringend nötig. Außerdem finde ich meine neue Fähigkeit ungemein praktisch! So konnte ich euch in aller Ruhe hinterherspazieren, während ihr ins obere Stockwerk geschlichen seid.«

Pip machte ein Gesicht, als hätte sie die Wunder-

diebin am liebsten gebissen. Bevor sie etwas so Gefährliches – und Ekelhaftes – tun konnte, fragte Tilly schnell: »Sie sind uns *hinterherspaziert?* Aber woher wussten Sie überhaupt, dass wir da sind?«

Die Wunderdiebin lehnte sich gegen die Tür. »Ach, ich wusste schon lange, dass ihr mir folgt«, sagte sie und machte eine genüssliche Pause. Ein bisschen erinnerte sie Tilly an eine Katze, die erst eine Weile mit ihrer Beute spielen wollte, bevor sie sie fraß.

»Das stimmt doch nicht!«, protestierte Gabriel. Er war sehr blass geworden, hatte aber seinen typischen, lehrerhaften Ausdruck im Gesicht. »Sie *konnten* gar nicht wissen, dass wir hinter Ihnen her sind. Auf dem Weg vom Bahnhof zu diesem Haus haben Sie sich kein einziges Mal umgedreht!«

Das Lächeln der Wunderdiebin wurde noch ein wenig breiter. »Hmm«, schnurrte sie, während sie Gabriel von Kopf bis Fuß musterte. »Du bist der Kluge in eurem Team, nicht wahr? Der Schlaukopf, der den Dingen gerne auf den Grund geht. Warum hast du dich dann kein bisschen gewundert, wie leicht euch alles gefallen ist? Ihr konntet einfach durch ein offenes Fenster einsteigen ... praktischerweise lief gerade das Radio ... und ich stand die ganze Zeit mit dem Rücken zu euch. Etwas viele Zufälle auf einmal, meinst du nicht auch?«

Gabriel klappte den Mund auf, aber Nico war schneller. Die Augen zu Schlitzen verengt, fragte er: »Sie meinen, Sie haben uns mit voller Absicht hierhergelockt?!«

»Nicht von Anfang an, das muss ich zugeben«, sagte die Wunderdiebin. »Als ich mit dem Umhang in den Zug gestiegen bin, dachte ich eigentlich, ich wäre euch entwischt. Aber in Blauwinkel habe ich euch dann plötzlich wiedergesehen. Möchtet ihr gerne wissen, wie?«

Niemand antwortete, aber das schien der Frau egal zu sein. Sie stieß sich von der Tür ab, kehrte den Kindern den Rücken zu und tastete nach ihrem Haar. »Kennt ihr das, wenn man über jemanden sagt, er hätte den sechsten Sinn?«, fragte sie in lockerem Plauderton. »Dabei braucht man so etwas gar nicht, um vor bösen Überraschungen geschützt zu sein. Ein *drittes Auge* genügt.« Sie neigte den Kopf und hielt gleichzeitig ihr Haar ein bisschen zur Seite. Fassungslos starrte Tilly auf den Nacken der Wunderdiebin. Genau in der Mitte prangte ein großes schwarzes Auge, das so aussah wie eine Tätowierung. Tilly versuchte, sich noch einzureden, dass es auch gar nichts anderes sein konnte ... bis das Auge sehr langsam und deutlich zwinkerte.

»Tja«, sagte die Wunderdiebin und drehte sich wieder um. »So ist das, wenn man Wunderdinge aussaugt: Man bekommt zusammen mit der Magie die unterschiedlichsten Fähigkeiten. Viele sortiere ich gleich wieder aus, aber dieses Auge wollte ich gerne behalten. Ich war mir sicher, dass es mir irgendwann mal nützlich sein könnte!«

Tilly atmete tief durch. Sie wollte der Wunderdiebin auf keinen Fall zeigen, dass sie Angst hatte, obwohl ihr Herz immer schneller schlug. Eine dunkle Vorahnung kroch in ihr hoch, und sie hoffte mit aller Kraft, dass sie sich irrte. »Sie haben uns also in eine Falle gelockt«, fasste sie zusammen. »Aber wieso? Ich meine, was bringt es Ihnen, uns in diesem Haus zu haben?«

»Es geht mir doch nicht um euch, Dummerchen. Ihr könnt euch von mir aus gleich wieder verabschieden, wenn ihr wollt«, entgegnete die Wunderdiebin honigsüß.

»Gut, dann auf Nimmerwiedersehen.« Nico machte einen großen Schritt in Richtung Tür. Sofort schossen die Arme der Wunderdiebin zur Seite, und sie stemmte beide Hände in den Türrahmen.

»Nicht so hastig«, sagte sie, jetzt auf einmal mit schärferer Stimme. *»Ihr* könnt verschwinden, aber der Inhalt eurer Rucksäcke bleibt schön hier.«

Entsetzt schaute Tilly zu ihren Freunden. Was, um Himmels willen, sollten sie jetzt tun? Sie sah, wie Nicos Schultern sich verkrampften, dann wandte er sich halb zu ihr und den anderen um. *Lasst euch bloß nicht einschüchtern,* schien er mit seinem Blick sagen zu wollen.

»Sie wollen unsere Schulsachen?«, fragte er langsam und drehte sich wieder zur Wunderdiebin. »Da wird unser Lehrer aber nicht begeistert sein.«

»Unsinn, ich spreche natürlich von meinem … Nachtisch«, entgegnete die Frau mit einem gierigen Funkeln in den Augen.

Gabriel verschränkte die Arme vor der Brust. »Mein Pausenbrot habe ich heute restlos aufgegessen.«

»I-ich auch«, stimmte Bastian hastig zu.

»Ein Hustenbonbon könnten Sie haben«, meinte Tilly so unschuldig wie möglich. »Aber da kleben vielleicht schon ein paar Fussel dran.«

Pip sagte nichts. Sie umklammerte nur ihren kaputten Tarnumhang und starrte die Wunderdiebin bitterböse an.

Die hatte ihre falsche Freundlichkeit inzwischen aufgegeben. »Wagt es ja nicht, mich für dumm zu verkaufen«, fauchte sie. »Ich weiß genau, dass jeder von euch mindestens einen magischen Gegenstand mit sich herumschleppt. Ihr seid doch Wunderschüler, oder etwa nicht? Solche wie ihr gehen nie ohne ihre Wunderdinge aus dem Haus!«

»Sie können gern nachschauen«, bot Tilly an, ließ ihren Rucksack nach vorne rutschen und öffnete den Reißverschluss. »Nichts als Schulsachen, sehen Sie?«

Aber die Wunderdiebin senkte nicht einmal den Blick. »Verstehe«, sagte sie bloß. »Dann gehört dir wohl das hier.« Ohne sich umzudrehen, stieß sie die Tür auf und angelte mit dem Fuß nach etwas, das hinter ihr stand. Klirrend rutschte der Teekessel ins Zimmer, den Lux vorhin zu Boden geworfen hatte. In seiner Öffnung – wie eine sehr seltsame Blume in einer ebenso seltsamen Vase – steckte Tillys Kerzenständer. Mit dem Sockel im Wasser, stocksteif vor lauter Angst.

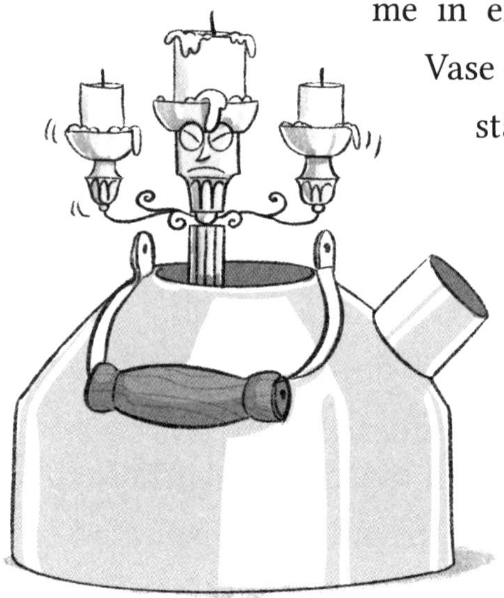

17. Kapitel

Der Schreck durchfuhr Tilly wie ein eisiger Blitz. In der nächsten Sekunde hatte die Wunderdiebin Lux bereits hochgehoben. Kaum stand er nicht mehr im Wasser, begann der Kerzenständer, zu zappeln und mit seinen Flammen gegen die Faust der Wunderdiebin zu schlagen. Obwohl er sicher dafür gesorgt hatte, dass sein Feuer brennend heiß war, brachte er die Frau nur zum Lachen. Nico hatte richtig vermutet: Wunderdinge konnten ihr nichts anhaben.

»War spaßig, ihn bei seinem Ablenkungsmanöver zu beobachten«, sagte sie höhnisch. »Vor allem, weil ich auch mit nur *einem* Auge deutlich erkennen konnte, wie sehr er sich vor dem Wasser im Kessel gefürchtet hat. Ein tapferer kleiner Kerl, das muss man ihm lassen. Aber jetzt hat er genug durchgemacht, meint ihr nicht auch?«

»Tun Sie ihm nichts«, stieß Tilly hervor. »Bitte, geben Sie ihn mir zurück!«

Die Wunderdiebin legte den Kopf schief, so als müsste sie erst ein wenig nachdenken. »Weißt du, was«, sagte sie langsam, »eigentlich könnte ich ihn wirklich freilassen. An seiner Fähigkeit, Flammen und Rauch zu erzeugen, habe ich gar kein Interesse. Ich würde ihn also nur aussaugen, damit mich seine Magie stärker macht. Aber ihr habt doch bestimmt noch ein paar nützlichere Dinge, nicht wahr? Vielleicht schafft ihr es, mich zu einem kleinen Tauschgeschäft zu überreden.« Sie drehte sich erwartungsvoll zu Gabriel, Nico und Bastian.

Stille breitete sich im Zimmer aus. Tilly hörte nur Lux' wütendes Knistern und Puffen, während er immer noch mit aller Kraft versuchte, der Wunderdiebin eine Brandblase zu verpassen. Dann trat Nico einen Schritt nach vorne.

»Wie wär's mit der Fähigkeit, das zu finden, was Sie gerade am dringendsten haben wollen?«, fragte er.

Tilly zuckte zusammen. O nein, das durfte Nico nicht tun! Vielleicht liebte er seinen Kompass nicht so sehr wie sie Lux, aber er *brauchte* ihn. Immerhin war er seine einzige Hoffnung, seinen Vater wiederzufinden! Und warum sollte sich die Wunderdiebin überhaupt an so ein Tauschgeschäft halten?

»Fall doch nicht darauf rein«, rief Tilly, obwohl sie sich nichts sehnlicher wünschte, als Lux wieder unter ihre Jacke stecken zu können. »Sie wird dein Wunderding nehmen und Lux trotzdem nicht freilassen!«

»Einen Versuch ist es wert, oder?«, säuselte die Wunderdiebin und fuhr sich mit der Zungenspitze über die Lippen. Wie es aussah, war der Kompass genau nach ihrem Geschmack.

»Okay, dann geben Sie Tilly jetzt den Kerzenständer zurück«, sagte Nico ausdruckslos, »und dafür kriegen Sie ein Wunderding von …«

»… mir«, beendete jemand anders den Satz.

Im ersten Moment hatte Tilly die Stimme gar nicht erkannt. Sie klang fest und entschlossen – nicht wie das schüchterne Stammeln, das man normalerweise von Bastian zu hören bekam. Als sie zu ihm hinüberschaute, fand sie auch sein Gesicht irgendwie verändert. Er hatte das Kinn leicht nach vorne geschoben und hielt dem Blick der Wunderdiebin stand, ohne zu blinzeln.

»Ein reizendes Angebot«, sagte die Wunderdiebin mit einem boshaften Lächeln. »Darauf komme ich gerne zurück, aber jetzt möchte ich erst mal dieses Ding probieren, das mir dein Freund beschrieben hat. So eine Fähigkeit könnte ich wirklich gut gebrauchen, um neue Magiequellen aufzuspüren.« Abermals wandte sie sich an Nico, doch Bastian trat mit einem schnellen Schritt zwischen die beiden.

»Warten Sie! Ich meine ja genau dieses ... äh, Sachen-Such-Ding«, behauptete er, drehte den Kopf und schaute Nico eindringlich an. »Du hast es mir geliehen, schon vergessen? Und es hat auch super funktioniert. Echt schade, dass wir es jetzt hergeben müssen.«

Nico antwortete nicht, sondern erwiderte nur ratlos Bastians Blick. Auch Tilly schwirrte der Kopf. Worauf wollte Bastian bloß hinaus? Stumm beobachtete sie, wie er seinen Rucksack öffnete –

und eine zusammengeknüllte Tischdecke hervorholte.

Da ging Tilly ein Licht auf. *Das Wirrwarrding!* Ihr Herz sprang ihr fast bis in die Kehle, und sie musste sich sehr zusammenreißen, um ihre Aufregung nicht zu zeigen. Was für eine geniale Idee! Mit angehaltenem Atem schielte sie zu der Wunderdiebin, die misstrauisch die Stirn gerunzelt hatte.

»Warum ist es so komisch eingepackt?«, wollte sie wissen.

»Weil … also, damit …« Bastian stockte und wirkte für einen Augenblick wieder so unsicher wie sonst.

»… damit es beim Transport nicht zerbricht, natürlich«, sprang Gabriel ein, der Bastians Plan nun ebenfalls durchschaut hatte. »Immerhin ist es eines unserer besten Wunderdinge.«

»Nur leider ist es furchtbar scheu«, sagte Tilly schnell. »Darum sollten Sie es gut festhalten, sonst rennt es sofort davon.«

»Danke für den Tipp«, sagte die Wunderdiebin gehässig. »Wenn ich mit ihm fertig bin, rennt es gar nicht mehr.« Sie klemmte Lux unter ihren Arm und schnipste ungeduldig mit den Fingern. »Na los, her damit!«

»Wenn Sie unbedingt wollen«, sagte Bastian und hielt ihr das Knäuel entgegen. Sie grapschte danach wie ein hungriger Affe nach einer Tüte Erdnüsse. Mit einer einzigen, schnellen Bewegung hatte sie die Tischdecke auseinandergewickelt, und ohne das Wirrwarrding richtig anzusehen, drückte sie es an ihre Lippen.

Zuerst passierte nicht viel. Es ertönte nur ein leises Schlürfen, dann ließ die Wunderdiebin das Wirrwarrding sinken und verzog das Gesicht. »Also, das hat ganz schön komisch geschme... he ... bebb«, hickste sie. Ärgerlich wischte sie sich über den Mund, schluckte und versuchte es erneut. »Geschmeckt, meine ich! Komisch geschme... be ... baby! Was zum Teufel war ... ar ... SHARK!«, platzte es aus ihr heraus, und es klang fast wie ein Niesen. Die Wunderdiebin ließ das Wirrwarrding fallen und presste beide Hände auf ihren Mund, als wollte sie eine weitere Nies-Attacke unterdrücken. Aber was sie dann von sich gab, war etwas ganz anderes.

»Baby shark, doo doo – doo doo doo doo!«, plärrte sie mit ungläubiger Miene. Ruckartig drehte sie sich hin und her, um von einem Wunderschüler zum anderen zu schauen.

Weil wir alle gerade Angst hatten, schoss es Tilly durch den Kopf. *Also viel Arbeit für einen Apparat, der Menschen aufmuntern soll ...*

Inzwischen bewegte sich die Wunderdiebin immer schneller. »Mommy shark, doo doo – doo doo doo doo«, trällerte sie aus vollem Hals und hüpfte dabei von einem Fuß auf den anderen. Wäre Lux nicht immer noch unter ihrem Arm festgeklemmt gewesen, hätte Tilly vielleicht über diesen seltsamen Tanz gelacht. So aber wartete sie nur fieberhaft auf eine Gelegenheit, den Kerzenständer zu befreien. Leider hielt die Wunderdiebin keine Sekunde still. Nachdem sie das Lied dreimal gesungen hatte, verstummte sie allerdings, und ihre Backen plusterten sich auf.

»Ach, du Schande«, hörte Tilly Nico murmeln. »Sind jetzt nicht die Gummibärchen an der Reihe ...?«

Da kam auch schon etwas aus den Ohren, dem Mund und beiden Nasenlöchern der Wunderdiebin gezischt. Keine Süßigkeiten, sondern Dampfwolken wie bei einer Lokomotive. Die Wunderdiebin versuchte zwar, den Dampf zurückzuhalten, aber er quoll einfach zwischen ihren Fingern durch. Rasch breitete er sich im Raum aus, und beim näheren Hinschauen konnte Tilly ihn glitzern sehen.

»Was ist das denn?«, brachte sie mühsam hervor.

Als Gabriel antwortete, klang er ausnahmsweise nicht belehrend. »Magie«, hauchte er und wich einen Schritt zurück, als ein funkelndes Wölkchen an ihm vorbeischwebte. »Wahrscheinlich alles, was sie in letzter Zeit gestohlen hat. Schaut euch das an!« Er deutete zum Gerümpel auf dem Fußboden, das schon fast vollständig im Dampf verschwunden war. Wie durch einen Nebel sah man den alten Zylinderhut, den Teddybären und all die anderen kaputten Dinge ... die aber gar nicht mehr kaputt zu sein schienen. Als sich der Schleier verzog, fiel Tillys Blick zuerst auf den Zylinder, der jetzt genau in der Mitte ein Auge hatte. Eines, das Tilly nur allzu bekannt vorkam.

Die Wunderdiebin hatte es ebenfalls bemerkt. Mit einer Hand tastete sie nach ihrem – garantiert augenfreien! – Nacken, und ihr Gesicht verzerrte sich zu einer wütenden Fratze. Offenbar begann sie, gegen die Wirkung des Wirrwarrdings anzukämpfen. »Shark!«, kreischte sie und zog Lux unter ihrem

Arm hervor. »Daddy shark, doo doo!« Sie spitzte die Lippen, um eine neue Ladung Magie zu tanken, aber da war sie bei Lux an der falschen Adresse. Mutig streckte er ihr alle drei Kerzen entgegen, und die Diebin schrie auf. Kein Zweifel, nun war sie vor Lux' Hitze nicht mehr sicher. Der Schutz gegen Wunderdinge hatte sie verlassen.

In diesem Moment gab es für Tilly kein Halten mehr. Sie stürzte nach vorne, riss Lux aus den Händen der Wunderdiebin und drückte ihn an ihre Brust. Sobald sie das warme Kitzeln seiner Flammen spürte, war ihre Angst vollständig verflogen. Aus zusammengekniffenen Augen schaute sie die Wunderdiebin an, die jammernd eine rote Stelle an ihrem Kinn betastete.

»Also«, sagte Tilly streng, »ich würde vorschlagen, dass Sie jetzt gehen und uns alle in Ruhe lassen. Sonst kriegen Sie es wieder mit meinem Kerzenständer zu tun, und beim nächsten Mal halte ich ihn nicht zurück!«

Die Wunderdiebin wurde bleich. Obwohl ihre Beine immer noch hopsten, sah man ihr deutlich an, dass sie sich fürchtete. Wahrscheinlich hatte sie sich daran gewöhnt, vor Wunderdingen geschützt zu sein, und jetzt fühlte sie sich wie ein Ritter ohne Schild. »Das wagst du nicht!«, rief sie mit schriller Stimme. »Wunderdinge hin oder her – ihr seid einfach nur Kinder. Eine Bande Dreikäsehochs mit drei mickrigen Kerzen, weiter nichts!«

»Oh, da irren Sie sich«, sagte Nico. »Wenn's sein muss, helfen uns auch ein paar Gespenster.« Er wandte sich an Bastian und tat, als würde er trinken. Sofort holte Bastian die Schattenflasche aus seinem Rucksack und öffnete sie gerade weit genug, dass ein schwarzes Knäuel entweichen konnte. Als es Richtung Tür schwebte, taumelte die Wunderdiebin nach hinten.

»Was ... was ist das? Ruf es sofort zurück!«, japste sie.

Wie aus dem Nichts tauchte eine Hand vor ihrem Gesicht auf. »BUH!«, machte Pip unter ihrem Tarnumhang und stupste der Wunderdiebin auf die Nase.

Das war endgültig zu viel für die Frau. »Schluss damit! Bleibt mir ja vom Leib!«, schrie sie und stürmte die Treppe hinunter. Als sie die Haustür aufriss, hörten die Kinder sie noch einmal *»Grandma shark«* quieken. Dann fiel die Tür ins Schloss, und die Wunderdiebin war fort.

18. Kapitel

Was dann kam, war mit Sicherheit die merkwürdigste Umarmung, die Tilly je erlebt hatte. Pip, noch zur Hälfte unsichtbar, drückte sich an sie und quietschte vor Freude. Der wiederbelebte Tarnumhang tätschelte beide Mädchen mit seinen Zipfeln, und Lux verteilte warme Flammen-Küsschen. Außerdem umklammerte irgendjemand Tillys linkes Bein.

Als sie ihren Blick nach unten richtete, sah sie den Teddybären, der aus braunen Kulleraugen zu ihr hochschaute. »Hey, was bist du denn für einer?«, fragte Tilly überrascht.

»Ein Beruhigungsbär«, brummte der Teddy. »Jetzt ist aaaalles gut. Sch-sch.« Und er streichelte mit seiner dicken Pfote über Tillys Knie.

Tilly musste grinsen. »Danke, aber das weiß ich schon. Die Diebin kommt sicher nicht zurück. Wie's aussieht, hat sie ganz schön viel Angst vor Wunderdingen, wenn sie nicht gegen Magie geschützt ist.«

»Angst? Nein, nein«, brummte der Teddy und streichelte unbeirrt weiter. »Gaaaar nicht notwendig. Schmusekissen.«

Verstohlen schaute Tilly zu Pip. »Schmusekissen?«, flüsterte sie.

Pip, die sich inzwischen den Tarnumhang vom Kopf gezogen hatte, kicherte leise. »Ich glaub, das hat er nur gesagt, weil es was Beruhigendes ist.«

»Warme Milch mit Hoooonig«, stimmte der Bär zu und nickte. Dann ließ er Tilly los und stapfte auf seinen kurzen Beinchen durch den Raum, um die anderen Wunderdinge einzusammeln. Dabei summte er die ganze Zeit sanft und tief vor sich hin.

»Der ist toll«, seufzte Bastian. Er kniete sich auf den Boden und betrachtete sein regloses Wirrwarrding. »So ähnlich hätte das hier eigentlich auch werden sollen – aber ist ja total in die Hose gegangen.«

»Machst du Witze?« Nico zog Bastian wieder hoch und boxte ihm gegen den Oberarm. »Das Ding hat uns alle gerettet, und dein Plan war absolut genial!«

»Ziemlich clever, das muss ich zugeben«, bestätigte Gabriel, und Tilly glaubte zum ersten Mal, Bewunderung in seiner Stimme zu hören.

»Ja, Zapp und ich danken dir tausendmal«, sagte Pip und hielt den Tarnumhang so, dass er Bastian mit einem Ärmel auf die Schulter klopfen konnte.

Bastians Ohren färbten sich rosa. »Oh, ähm … gern geschehen«, nuschelte er. Verlegen schaute er auf seine Füße, und der Beruhigungsbär nutzte die Gelegenheit, um einen ganzen Haufen Wunderdinge vor ihm abzuladen.

»Alles wieder heil«, erklärte er. »Alles gaaaanz prima.«

Neugierig betrachtete Tilly die Wunderdinge, die bis vor wenigen Minuten noch kaputter, nutzloser Krempel gewesen waren. Es schien, als hätte der magische Dampf sie aus einem langen Schlaf geweckt: Das Auge am Zylinderhut blinzelte schelmisch, aus der Suppenschüssel stieg ein würziger Duft, die Lampe strahlte in den Farben des Sonnenuntergangs, und das Amulett – da war sich Tilly ganz sicher – würde seinen Träger jetzt wieder vor anderen Wunderdingen schützen können.

»Weißt du vielleicht, wem die Frau all diese Sachen gestohlen hat?«, fragte Nico den Teddybären, aber der schaute ihn nur besonders freundlich an.

»Kannst du uns wenigstens sagen, wer dein Besitzer ist und wo er wohnt?«, bohrte Gabriel nach. Auch diesmal blieb der Teddy stumm. Fragen zu beantworten, gehörte wohl nicht zu seinen Aufgaben als Beruhigungsbär.

»Lasst mich mal«, flüsterte Tilly und ging vor dem Teddy in die Hocke. »Ach«, seufzte sie, »ich mache mir Sorgen um deinen Besitzer. Der hat sicher große Angst um dich, und es wäre sehr *beruhigend* für ihn, wenn er dich bald wiederhätte!«

Der Teddy schien kurz zu überlegen – dann nickte er. »Gut, gut«, brummte er, hängte sich das Amulett um den Hals, griff nach der Lampe und setzte sich erst die Suppenschüssel, dann den Zylinderhut auf den dicken Kopf. »Ich kann das. Flauschisocken!« Mit entschlossenen Schritten marschierte er aus dem Zimmer, und die Kinder folgten ihm. Als sie ins Freie kamen, breitete Pip schnell den Tarnumhang über sich und den Teddy. Nico behielt die beiden mit seinem Kompass im Blick, Tilly schob Lux wieder unter ihre Jacke, und so wanderten sie mehr oder weniger unauffällig durch Blauwinkel. Trotzdem spähte Bastian vorsichtig um jede Straßenecke, weil er befürchtete, sie könnten der Wunderdiebin über den Weg laufen. Aber die war wie vom Erdboden verschluckt.

Schließlich zeigte die Kompassnadel auf ein kleines rauchblaues Haus mit Garten, und Pip ließ ihren Tarnumhang sinken.

»Sebastian Sonderlich«, las Tilly von einem Schild an der Gartenpforte ab. »Ist das dein Besitzer?« Schnell legte sie die Stirn in besorgte Falten, damit der Teddy ihr antwortete.

»Besitzer, Erbauer … aber nicht da.« Der Beruhigungsbär wies auf die dunklen Fenster. »Einfach hinten auf der Terrasse warten. Gaaar kein Stress.«

»Ehrlich gesagt, wird es für uns jetzt schon allmählich stressig«, meinte Pip. »Ich würde lieber nicht erst heimfliegen, wenn es stockfinster ist.«

Tilly schreckte zusammen. Sie hatte überhaupt

nicht mehr auf die Zeit geachtet! Wie sollte sie ihren Eltern erklären, warum sie erst im Dunkeln nach Hause kam? Die beiden glaubten doch, sie hätte den Nachmittag mit dem Sammeln von Steinen verbracht!

»Du, Teddy? Kannst du vielleicht allein auf deinen Besitzer warten und ihm die anderen Wunderdinge zeigen?«, fragte sie. »Dann sorgt er hoffentlich dafür, dass alle gut nach Hause kommen!«

»Aber ja. Kamillentee!«, versicherte der Teddy. Er stemmte sich gegen die Gartenpforte und stapfte zur anderen Seite des Hauses. Die Kinder warteten, bis er um die Ecke verschwunden war, dann machten sie sich schleunigst auf den Weg zum Bahnhof. Es wurde jetzt rasch dunkel, und zwischen den Wolken waren bereits die ersten Sterne zu sehen.

»Hoffentlich können wir starten, ohne dass uns jemand bemerkt«, keuchte Gabriel, als sie zum Bahnhofsplatz kamen. »Bei der Landung hatten wir echt Glück, dass niemand vor Schreck in Ohnmacht –« Er stockte, und im selben Moment blieben auch die anderen wie angewurzelt stehen. Nur Pip lief noch ein paar Schritte weiter und hüpfte dann vor einem der Bäume auf und ab.

»Schirmbert?«, rief sie leise ins Geäst hinauf. »Komisch, der ist ja besser versteckt, als ich dachte. Hey, Schirmi, es geht ab nach Hause!«

Gabriel zückte sein Handy und leuchtete nach oben. Inzwischen zog Nico sich an einem der Äste hoch. Es raschelte kurz, dann tauchte sein Gesicht zwischen den Blättern auf. »Fehlanzeige«, meldete er. »Kein Flugapparat weit und breit.«

»Er hat sich losgerissen!«, jammerte Bastian und schaute verzweifelt zum Himmel. »Als wir ihn zurückgelassen haben, war er ja schon ganz locker!«

»*Wer* hat sich losgerissen?«, fragte ein Mann, der eben mit einem Rollkoffer auf den Platz gekommen war. »Wen sucht ihr denn da, liebe Kinder?«

»Äh, unseren ... Dackel«, schwindelte Pip, und Gabriel richtete schnell sein Handylicht nach unten. Trotzdem verzog der Mann missbilligend das Gesicht.

»Hunde klettern nicht auf Bäume«, sagte er. »Ihr wollt mich wohl auf den Arm nehmen, was? Und ich wollte euch helfen, obwohl ich dringend den Zug nach Blasslingen erwischen muss!« Er hastete weiter zum Bahnhof, und Gabriel stürmte ihm hinterher.

»Nach Blasslingen?«, hörte Tilly ihn rufen. »Wann fährt denn der nächste Zug dorthin?«

»In fünf Minuten. Danach erst wieder in der Nacht«, sagte der Mann und beschleunigte seine Schritte.

Gabriel winkte den anderen hektisch zu. »Schnell, den kriegen wir noch! Das Geld für die Tickets kann ich euch leihen!«

Nach einem letzten traurigen Blick in die Baumkrone liefen Pip und Bastian los, aber Tilly rührte sich nicht vom Fleck. »Was, wenn die Wunderdiebin ihn erwischt hat?«, fragte sie Nico, der gerade auf den Boden gesprungen war.

»Dann hätte sie ihn ausgesaugt und in den Ästen hängen lassen. Nein, wahrscheinlich fliegt er jetzt fröhlich irgendwo über den Wolken herum!«

»Aber …«

»Keine Sorge, Tilly. Ich bin sicher, er kommt zurecht. Zusammen mit meinem Vater hab ich oft Wunderdinge in freier Wildbahn getroffen!« Aufmunternd stupste Nico sie an, und Tilly bemühte sich, sein Lächeln zu erwidern.

»Ich hab mich übrigens noch gar nicht bedankt«, sagte sie, nachdem sie sich schweren Herzens in

Bewegung gesetzt hatte. »Du weißt schon … dafür, dass du deinen Kompass hergeben wolltest, um Lux zu retten.«

Nico zuckte mit den Schultern. »Mein Kompass ist zwar echt cool, aber ich weiß genau, wie verknallt du in deinen Kerzenständer bist.«

»Trotzdem«, beharrte Tilly. »Der Kompass soll uns doch dabei helfen, deinen Vater wiederzufinden …«

»Uns?«

Tilly stoppte vor dem Eingang zum Bahnhof. Obwohl sie Gabriel hinter der Glastür wie verrückt winken sah, drehte sie sich zur Seite und schaute Nico an. »Ja uns«, sagte sie fest. »Ihr habt mir letztens geholfen, Lux zu befreien, und heute haben wir Pips Tarnumhang gerettet. Allmählich schulden wir dir was! Außerdem sind wir ein Team, oder nicht?«

Nico zögerte einen Moment mit seiner Antwort. Dabei wirkte er fast so verschlossen, wie Tilly ihn vor drei Wochen kennengelernt hatte – aber plötzlich hellte sich seine Miene auf. »Na klaaaar«, brummte er genau wie der Beruhigungsbär.

»Kuscheldecke«, fügte Tilly grinsend hinzu.

Und dann machten sie, dass sie auf den Bahnsteig kamen, ehe Gabriel vom Winken noch der Arm abfiel.

19. Kapitel

Am nächsten Morgen wurde Tilly von einem brenzligen Geruch geweckt. Schlaftrunken schaute sie sich in ihrem Zimmer um und sah, dass vom Schreibtisch ein dünner Rauchfaden in die Luft stieg. Daneben stand Lux, der eifrig mit seinen Flammen ein Papier bearbeitete. Um genau zu sein, war es eine Seite aus Tillys Matheheft. Um *noch* genauer zu sein, war es die Seite mit den Hausaufgaben für diesen Tag.

Tilly sprang aus dem Bett. »Lux, nein! Das hab ich gestern vor dem Schlafengehen extra noch erledigt!« Sie schnappte sich das Heft, auf dem bereits mehrere Rußflecken prangten. Zum Glück hatte Lux noch kein Loch hineingebrannt. Jetzt breitete er erstaunt die Kerzenarme aus und fuchtelte dann in Richtung von Tillys Notizbuch. Es sah aus, als wollte er fragen: *Was ist denn? Die Sachen, die du gern magst, hab ich doch in Ruhe gelassen!*

»Aber wie soll ich das bitte schön Herrn Klausner erklären? Mein Kerzenständer hat meine Hausaufgaben gefressen?« Kopfschüttelnd versuchte Tilly, mit dem Ärmel ihres Schlafanzugs den Ruß wegzuwischen. Dann öffnete sie ihr Notizbuch und riss eine Seite heraus. »Hier, die kannst du frühstücken«, sagte sie versöhnlich. »Das war die Ideenliste für mein erstes Wunderding. Leider hab ich jetzt überhaupt nichts, was ich Wilma zeigen könnte.«

Lux machte keine Anstalten, die Liste zu verkohlen. Stattdessen wirkte er, als musterte er seine Besitzerin sorgenvoll.

»Ist schon okay«, beruhigte ihn Tilly.

»Keiner von uns kann etwas präsentieren – außer Clarissa, und die wird ihr gekauftes Wunderding dann hoffentlich doch nicht benutzen. Wir starten einfach einen neuen Versuch.« Sie streckte sich gähnend und hielt Lux die rechte Hand entgegen. »Ich geh jetzt ins Bad, kommst du mit?«

Der Kerzenständer schüttelte sich so heftig, dass Tilly lachen musste. Nach seinem gestrigen Abenteuer hatte er von Wasser wohl endgültig genug. Tilly ließ ihn also in Ruhe die ausgerissene Seite verkohlen, während sie sich anzog und die Zähne putzte. Satt und zufrieden, kroch Lux dann in ihren Schulrucksack, sodass sie ihn unbemerkt in die Küche mitnehmen konnte.

Herr und Frau Bohnenstängel saßen bereits am Esstisch, löffelten Haferbrei und tranken dazu Kamillentee. (Keiner von ihnen hatte sich den Magen verdorben. So etwas schmeckte den beiden einfach.) Als Tilly hereinkam, blickten sie lächelnd hoch. »Na ausgeschlafen?«, fragte Tillys Mutter. »Ist ja gestern ziemlich spät geworden. Ich hätte nicht gedacht, dass dieses Naturkunde-Projekt so viel Zeit in Anspruch nimmt!«

»Mhm«, machte Tilly und rutschte auf ihren

Stuhl. Sie hatte wirklich keine Lust, ihre Eltern schon wieder anzuschwindeln. Am liebsten hätte sie ihnen das ganze Abenteuer erzählt, aber das ging ja leider nicht. Stattdessen sagte sie: »Mama, Papa? Ich bin echt froh, dass wir nach Blasslingen gezogen sind. Das war eine gute Idee von euch.«

»Jetzt schlägt's aber dreizehn!« Belustigt schaute Herr Bohnenstängel Tilly über seine Brillengläser hinweg an. »Warst du nicht vor Kurzem noch stinkwütend auf uns, weil wir dich in so eine öde Kleinstadt verschleppt haben?«

»Ich hab mich geirrt. Das kommt vor«, sagte Tilly grinsend und begann, ihre Portion Haferbrei zu essen. Auch ihre Eltern frühstückten weiter, während im Hintergrund das Radio lief. Es herrschte eine friedliche, gemütliche Stimmung – bis die Nachrichtensendung begann.

»Seltsamer Zwischenfall in Blauwinkel«, sagte die Sprecherin, und Tilly ließ vor Schreck den Löffel fallen. Er plumpste mitten in ihren Teller und verspritzte Brei quer über die Tischdecke. Besorgt musterten Herr und Frau Bohnenstängel die

Flecken, während Tilly wie festgefroren auf ihrem Stuhl saß. Ging es etwa um Schirmbert? Hatten nicht eingeweihte Menschen ihn gefunden?!

»Gestern Abend kam es in der Kleinstadt zu einem Verkehrschaos«, fuhr die Sprecherin fort, und Tilly hielt ängstlich den Atem an. »Eine ortsfremde Frau führte mitten auf einer Kreuzung einen Tanz auf und weigerte sich, die Straße zu verlassen. Dabei trällerte sie ununterbrochen ein bekanntes Kinderlied. Erst als die Polizei eintraf, schien sie sich zu sammeln und ergriff die Flucht. Nachforschungen ergaben, dass die Frau während der letzten Tage in einem Ferienhaus gewohnt hatte, ohne zu bezahlen. In dieser Zeit soll sie außerdem mehrere Diebstähle verübt haben. Es wird jetzt weiter gegen sie ermittelt. Hinweise erbeten unter …« Danach folgten eine Telefonnummer und eine kurze Personenbeschreibung.

»Keine Sorge. Die Flecken gehen wieder raus«, meldete Herr Bohnenstängel, der inzwischen begonnen hatte, die Tischdecke mit einem Schwamm zu bearbeiten.

Tilly strahlte vor Erleichterung. »So ein Glück«, sagte sie. »Das Problem ist gelöst!« Unter den verdutzten Blicken ihrer Eltern schnappte sie ihren Rucksack und hüpfte aus der Küche. Auch auf dem Weg zur Schule vollführten ihre Beine immer wieder kleine Hopser, so als hätte sie eine Portion Wirrwarr-Magie zum Frühstück getrunken.

»Habt ihr schon gehört?«, sprudelte sie hervor, als sie das Schultor erreicht hatte und dort wie üblich Nico und Pip auf sie warteten. »Die Diebin ...«

»... kann sich nie wieder in dieser Gegend blicken lassen«, vollendete Nico den Satz. »Sonst kriegt sie es mit der Polizei zu tun.«

»Und natürlich mit uns!«, ergänzte Pip. Sie zog ein grimmiges Gesicht – das gleich noch ein bisschen grimmiger wurde, als Clarissa auf sie zuspaziert kam.

»Na? Habt ihr alle eure Präsentationen fertig?«, fragte Clarissa lauernd.

»Nein«, gestand Tilly. »Keiner von uns. Wenn du also ... na ja, auch nichts vorzuzeigen hast, wäre das gar nicht schlecht. Dann wird Wilma den Wettbewerb bestimmt wiederholen.«

Clarissa zog eine Augenbraue hoch. »Hm«, sagte sie, mehr nicht. Gleich darauf tutete es zum Unterrichtsbeginn, und sie stolzierte in Richtung Klasse.

Die drei Freunde schauten einander an. »Was sollte denn das bedeuten?«, fragte Pip. »War das ein ›Mir egal, ich mach euch trotzdem fertig‹-Hm?«

»Vielleicht war es ein ›Gut, dass ich jetzt doch nicht schummeln muss‹-Hm«, meinte Tilly.

»Es war ein ›Ich bin Clarissa und lass mir nicht in die Karten gucken‹-Hm«, sagte Nico. »Wir können nur abwarten, was sie heute Nachmittag macht. Und jetzt sollten wir dringend in die Klasse gehen, damit wir keinen Stress mit Herrn Klausner bekommen!«

Tilly stöhnte beim Gedanken an die verrußte Heftseite. Jetzt hatte sie erst mal keine Zeit mehr, über Clarissa und den Wettbewerb nachzugrübeln. Als sie jedoch vier Stunden später in die Schulkantine kam, konnte sie an gar nichts anderes denken. An diesem Tag stand etwas auf dem Speiseplan, das sich *Blumenkohl-Lasagne* nannte und so aussah wie blassgelbe Knete. Aber das war es nicht, was Tilly beunruhigte – sondern die Tatsache, dass nicht Wilma diese ›Köstlichkeit‹ verteilte. Stattdessen wartete eine fremde Frau hinter dem Tresen.

»Ist Frau Wirbelig heute nicht hier?«, fragte Tilly, als sie an der Reihe war.

»Keine Ahnung. Ich vertrete sie jedenfalls bis heute Nachmittag«, sagte die Frau und klatschte Tilly eine extragroße Ladung Blumenkohl-Knete auf den Teller. Tilly war so in Gedanken versunken, dass sie aus Versehen alles aufaß. Dann hockte sie mit Magendrücken in ihrer Klasse, bis der Unterricht zu Ende war. Als das sanfte *Tut-tut-tut* erklang, sprang sie sofort auf und rannte nach draußen. Nico und Pip kamen ihr natürlich hinterher.

»Glaubt ihr, dass Wilma etwas passiert ist?«, keuchte Pip. »Sie wollte doch heute wieder zurück sein!«

»Vielleicht sucht sie immer noch nach den gestohlenen Wunderdingen«, sagte Nico. »Echt blöd, dass sie kein Handy hat. Dann hätten wir ihr einfach Bescheid geben können, dass das Problem schon gelöst ist.«

Sie erreichten die Besenkammer, schlüpften hinein und kitzelten die Wand, damit die Geheimtür sichtbar wurde. So schnell sie konnten, liefen sie weiter zur Wundervilla. Vor der Veranda wären sie fast mit Gabriel und Bastian zusammengestoßen.

»Hey, hat einer von euch Wilma gesehen?«, fragte Tilly, die sich nun schon ernsthafte Sorgen machte.

Bastian schüttelte den Kopf. »Vielleicht hat sie sich ja freigenommen …«

»Was unsere Präsentationen betrifft, wäre das nicht schlecht«, brummte Gabriel missmutig. Dass sein LS 2022 auf Nimmerwiedersehen verschwunden war, lag ihm offenbar schwer im Magen. (Womöglich hatte aber auch er ein bisschen zu viel Lasagne erwischt.)

Pip hob die Hand, um nach der Türklinke zu greifen. »Ob sie überhaupt da ist?«

»Jaha, ist sie!«, rief im nächsten Moment eine fröhliche Stimme. Die Tür flog auf, und im Rahmen stand Wilma – mit einem breiten Lächeln und Haaren, die ihren Kopf wie eine lila Wolke umgaben. »Entschuldigt bitte, ich hatte hier noch mit einem Wunderding zu tun. Gerade wollte ich euch abholen, aber ihr seid ja mal wieder

schneller als meine tanzenden Besen! Wahrscheinlich könnt ihr es kaum erwarten, eure Portionen reine Magie zu verwenden. Hab ich recht?«

»Äh – hä?« Gabriel klang zur Abwechslung nicht besonders schlau, aber er hatte sich gleich wieder im Griff. »Nun ja, um ehrlich zu sein, haben wir die Fläschchen schon gestern benutzt. Wir dachten, dass wir heute die neuen Wunderdinge präsentieren sollen …«

Wilma riss die Augen auf. »Ganz ohne meine Hilfe? Ich wollte euch dabei wenigstens beaufsichtigen!« Kopfschüttelnd schaute sie in die Runde, und es schien, als müsste sie diese Neuigkeit erst verdauen. Dann fragte sie: »Das heißt also, ihr habt alle schon etwas gebaut, das ihr mir heute zeigen möchtet?«

Bevor einer von ihnen etwas sagen konnte, näherten sich energische Schritte. Clarissa tauchte neben ihnen auf, eine kleine Schachtel in den Händen. »Ja«, verkündete sie, »genauso ist es. Von mir aus kann der Wettbewerb beginnen!« Und sie betrat mit siegessicherer Miene die Wundervilla.

20. Kapitel

»Bitte setzt euch doch«, sagte Wilma und wedelte mit einer Hand in Richtung Küchentisch. »Ich mache uns nur schnell eine Kanne Funkeltee. Leider bin ich nicht mehr zum Backen gekommen. Die letzten zwei Tage waren ziemlich verrückt!«

»Bei uns auch«, murmelte Nico, allerdings so leise, dass Wilma ihn bestimmt nicht verstand. Mit finsterer Miene ließ er sich auf einen der Stühle fallen. Auch die anderen nahmen rund um den Tisch Platz, während Wilma sich am Herd zu schaffen machte. Sie hörten, wie der Teekessel sich räusperte, hustete und ein paarmal »mimimimi« trällerte, um sich einzusingen. Dann stimmte er wie üblich ein Lied aus *Die Eiskönigin* an. Auch diesmal hatte er den Text ein kleines bisschen verändert: *»Willst du einen Teemann braaaauen …?«*

»Ich darf ihn wirklich nicht mehr ständig diesen Film anschauen lassen«, meinte Wilma. »Aber mein

Fernseher ist ein Wunderding und kommt leider immer wieder ins Erdgeschoss, um die Küchengeräte zu besuchen.« Sie goss heißes Wasser in sieben Tassen und schüttete blaues Pulver dazu. Sofort breitete sich ein Duft in der Küche aus, der gleichzeitig an heiße Schokolade und Himbeersaft erinnerte. Stumm sah Tilly dabei zu, wie sich das Pulver im Wasser auflöste. Obwohl sie Funkeltee liebte, hatte sie gerade überhaupt keine Lust darauf. Immer wieder musste sie zu Clarissa schielen, die mit gespitzten Lippen an ihrer Tasse nippte. Den magischen Schmetterling hatte sie sich wie eine Spange ins Haar gesteckt, also war der Inhalt ihrer Schachtel nicht schwer zu erraten. Es sei denn, dachte Tilly plötzlich, Clarissa hatte gestern doch noch einen Geistesblitz gehabt. Auf jeden Fall wirkte sie so zufrieden, als wäre das Wunderding in der Schachtel ganz allein ihre Erfindung.

»Fangen wir jetzt an?«, fragte sie und trommelte leicht auf den Deckel der Schachtel.

Gabriel stellte seine Tasse ab. »Wilma«, begann er, »wir müssten dir vorher noch was erzählen, das …«

»Später, mein Lieber«, unterbrach ihn Wilma.

»Ich bin wirklich gespannt, was aus eurer reinen Magie geworden ist, weißt du? Zum Plaudern haben wir nachher noch genug Zeit.« Sie setzte sich auf ihren Platz und schaute neugierig zu Clarissa. »Also, zeig uns doch bitte, was du mitgebracht hast!«

Clarissa wartete, bis vollkommene Stille eingekehrt war. Dann hob sie behutsam den Deckel und griff in die Schachtel. »Hier ist es«, verkündete sie, »mein süßes kleines ... Lesewürmchen!«

Pip machte ein Geräusch, als hätte sie sich am Funkeltee verschluckt. Aus zusammengekniffenen Augen starrte sie auf das sechsbeinige Lesezeichen, das über Clarissas Hand krabbelte. Nicos Gesicht wirkte sogar noch finsterer als vorhin, während Gabriel und Bastian – die ja beide nicht wussten, woher das Wunderding stammte – offensichtlich beeindruckt waren.

Was in Wilma vor sich ging, war viel schwerer zu erraten. Eine Weile betrachtete sie das Lesezeichen, dann sah sie Clarissa wieder freundlich an. »Du meine Güte. Wie bist du bloß darauf gekommen?«

»Ach …« Clarissa zuckte leicht mit den Schultern. »Ich dachte mir einfach, dass du dich über so ein Lesezeichen freuen würdest.«

»Und ich freue mich tatsächlich.« Wilma streckte die Hand aus und nahm das Lesezeichen entgegen, das sofort zu leuchten begann. »Ihr wisst ja alle, wie viele Bücher es hier in der Wundervilla gibt. Da kann ich so etwas sehr gut gebrauchen!«

»Schön, dass es dir gefällt«, zwitscherte Clarissa und griff wieder nach ihrer Tasse. Bevor sie einen Schluck nahm, fragte sie unschuldig in die Runde: »Wer möchte als Nächster?«

Niemand gab einen Mucks von sich. Sogar der Teekessel hatte zu singen aufgehört und schien zu lauschen, während Tilly fieberhaft nachdachte. Was, um alles in der Welt, sollte sie jetzt tun? Verpetzen wollte sie Clarissa immer noch nicht, und alles andere würde nach einer lahmen Ausrede klingen. Wie man es auch drehte und wendete: Anstelle von fünf Wunderdingen hatten sie nur ein einziges gebaut und es dann sogar verloren.

Während sich das Schweigen ausdehnte, wurde Clarissas Lächeln immer breiter. Tilly hätte kaum sagen können, was heller leuchtete: das Lesewürmchen oder Clarissas Zähne. Endlich holte Pip tief Luft und sagte: »Wilma, wegen gestern. Das war nämlich so ...«

Aber Wilma ließ auch Pip nicht weitererzählen. »Eigentlich sollten wir dem Kleinen gleich mal sein neues Zuhause zeigen, meint ihr nicht?«, fragte sie und setzte sich das Lesewürmchen auf die Schulter. »Kommt doch mit in den Salon! Dort können wir auch über die Belohnung sprechen, die ich mir für diesen Wettbewerb ausgedacht habe.«

Tilly und Pip wechselten einen gequälten Blick. Bevor noch jemand etwas sagen konnte, war Wilma bereits losgegangen, und Clarissa flitzte hinterher.

»Tja dann«, murmelte Nico. »Auf zur Sieger-Ehrung.« Mit hängenden Köpfen schlurften sie alle bis zum Salon, vor dem Wilma und Clarissa warteten.

»Ich hoffe bloß, das Würmchen versteht sich gut mit meinen anderen Wunderdingen«, sagte Wilma. »Vor allem mit dem Neuling. Der ist ein etwas eigenwilliger, aber richtig toller Kerl.« Mit diesen Worten öffnete sie die Tür zum Salon. Dort lagen bunte Kissen vor einem Kamin, an den Wänden standen Regale voller raunender Bücher, und ganz hinten schwebte etwas zwei Meter hoch in der Luft.

Oder eigentlich *jemand,* der beim Anblick der Wunderschüler ein fröhliches »Huuuui!« ausstieß.

21. Kapitel

»Schirmbert!«, riefen Tilly und Pip wie aus einem Mund. Begeistert stürzten sie auf ihr Wunderding zu, während die Jungen noch verdattert stehen blieben. Schirmbert ließ sich sinken, damit sie ihn begrüßen konnten. Offenbar hatte er gelernt, seinen Propeller selbstständig zu kontrollieren.

»Du bist ein feiiiner Schirm, ja, ein ganz feines Schirmilein bist du!«, lobte Pip, als spräche sie mit einem Hund.

»Aber du hättest nicht einfach davonfliegen dürfen. Das war pfui!«, ergänzte Tilly lachend. Dann erst fiel ihr wieder ein, dass sie beobachtet wurden. Schnell drehte sie sich um und schaute zur Tür. Clarissa hatte die himmelblauen Augen weit aufgerissen, aber Wilma sah kein bisschen überrascht aus. Sie nickte nur ein paarmal, als hätte sich gerade ein Verdacht bei ihr bestätigt.

»Er ist nicht davongeflogen«, sagte sie.

»Wir haben ihn befreit – mein alter Freund Sebastian Sonderlich aus Blauwinkel und ich.«

»Sebastian Sonderlich?«, wiederholte Tilly und musste an die Gartenpforte denken, durch die sie den Teddy hatten gehen lassen. »Das ist doch ...«

»… der Mann, der mir gestern eine Nachricht geschickt und mich um Hilfe gebeten hat.« Wilma betrat den Salon und machte es sich mit gekreuzten Beinen auf einem der Kissen bequem. »In Blauwinkel waren ein paar magische Gegenstände verschwunden, darum sind wir mit meinem Wunderschnüffler losgezogen und haben die ganze Stadt abgesucht. Als wir am Abend zum Bahnhofsplatz gekommen sind, hat der Schnüffler plötzlich verrückt gespielt.« Sie durchwühlte ein paar Taschen ihres Kittels, bis sie ein Sparschwein aus Porzellan gefunden hatte. Sobald sie es in Schirmberts Richtung hielt, begann es, wie wild zu schniefen und zu grunzen.

»Hört ihr?«, fragte Wilma. »Frisch erschaffene Wunderdinge lassen den Schnüffler immer besonders heftig reagieren. Seinetwegen haben wir diesen Flugapparat in einem Baum entdeckt und geahnt, dass er ganz neu sein muss. Wir haben den unerfahrenen Kerl sicherheitshalber mitgenommen … und hinter Sebastians Haus erwartete uns gleich die nächste Überraschung.« Wilma machte eine kurze Pause, während sie den Wunderschnüffler zurück in ihre Kitteltasche steckte.

»Was war denn dort?«, hakte Clarissa nach. Als

niemand sonst eine Frage stellte, verschränkte sie ärgerlich die Arme vor der Brust. »Warum bin ich eigentlich die Einzige, die das interessiert?!«

»Nun«, sagte Wilma langsam und ließ ihren Blick über die anderen Wunderschüler gleiten, »auf der Veranda warteten ein magischer Teddy und alle anderen verschollenen Dinge, die zum Teil Sebastian und zum Teil seinen Bekannten gehören. Natürlich haben wir den Teddy mit Fragen gelöchert, aber Reden ist nicht unbedingt seine Stärke. Er hat uns nur verraten, dass fünf Menschenkinder angereist wären, um ihn und die anderen zu retten. Da kam mir der Verdacht, dass das alles zusammenhängt: die Flugmaschine, die Befreiung der Wunderdinge – und fünf Menschenkinder, die ich zufälligerweise kenne.« Sie holte tief Luft, dann deutete sie zu den freien Kissen vor dem Kamin. »So, ihr Lieben. Ich schlage vor, dass ihr euch jetzt zu mir setzt und alles erzählt.«

Tilly zögerte nicht lange. Kaum hatte sie sich auf das nächstbeste Kissen plumpsen lassen, strömten die Worte nur so aus ihr heraus. Auch die anderen nahmen Platz, mit Ausnahme von Clarissa, die immer noch im Türrahmen lehnte. Bald wechselten sie sich mit dem Erzählen ab, während Wilma schweigend zuhörte. Sogar Bastian machte mit. Den Blick beschämt auf seine Knie gerichtet, schilderte er genau, was mit seinem Wirrwarrding geschehen war.

Als sie zu Ende erzählt hatten, blieb es einen Moment lang ganz still. Wilma schaute so konzentriert in ihre mitgebrachte Tasse, als wäre die eine magische Kristallkugel. Endlich blickte sie auf und sagte: »Also, ich fasse das mal zusammen. Erstens habt ihr eure reine Magie dazu verwendet, eine alte Fußmatte wiederzubeleben. Zweitens sind gleich mehrere Portionen Magie für ein gemeinsam gebasteltes Flugobjekt draufgegangen. Und drittens habt ihr ein Wirrwarrding erschaffen und es an eine Wunderdiebin verfüttert.«

Nun kam Clarissa doch in den Salon und sank kopfschüttelnd auf eines der Kissen. »Einfach unglaublich«, kommentierte sie.

»Finde ich auch«, stimmte Wilma zu, und Tilly senkte betreten den Blick. Genau wie Bastian starrte sie auf ihre Knie, während die Wunderlehrerin weitersprach: »Das alles war absolut unglaublich, unvernünftig und viel zu gefährlich. Ganz abgesehen davon ... habt ihr mir gezeigt, dass ihr mit reiner Magie mutig, einfallsreich und liebevoll umgehen könnt. Deshalb verdient ihr *alle* eine Belohnung für diesen Wettbewerb.«

Tilly riss den Kopf hoch. »Wie bitte?«

»Wie bitte?!«, fragte auch Clarissa in einem Tonfall, als hätte Wilma gerade behauptet, dass sie eigentlich ein Einhorn war. »Das kann nicht dein Ernst sein. Sie haben die Aufgabe doch überhaupt nicht so erfüllt, wie du es dir vorgestellt hast!«

»Aber so, wie es der Schwur der Wunderschüler verlangt: *Wir wollen wissen, wie Wunderdinge wirken. Wir wollen widerliche Wunderdiebe wegjagen. Wir wollen weise, warmherzige Wünsche wahr machen.«* Lächelnd tippte Wilma sich gegen die Schläfe, ballte die Faust und legte zum Schluss die flache Hand auf ihr Herz. Dann stand sie auf, um das leuchtende Würmchen in eines der Bücherregale zu setzen. »Ach übrigens, Clarissa«, sagte sie beiläufig, »ein ganz ähnliches Lesezeichen hat vor fünfundzwanzig Jahren meine beste Freundin als ihr erstes eigenes Wunderding erschaffen. Ich war damals furchtbar neidisch, weil ich unserem Lehrer im Gegensatz zu ihr nichts präsentieren konnte. Keine einzige noch so kleine Erfindung! Ich hatte mir einfach viel zu viel Druck gemacht, kannst du dir das vorstellen? Jedenfalls danke ich dir sehr für dieses hübsche Geschenk.«

Clarissa öffnete den Mund, als wollte sie etwas sagen. Dann klappte sie ihn wieder zu – und wurde rot. Ja wahrhaftig: Clarissa von Rosenberg schien am liebsten im Boden versinken zu wollen! Gabriel, der die Sache mit dem Lesewürmchen wohl durchschaut hatte, erlöste sie schließlich aus ihrer Verlegenheit.

»Dürfen wir jetzt wissen, was die Belohnung ist?«, fragte er, und sofort richteten sich alle Augen wieder auf Wilma. Die trat an den Kamin und bückte sich. Seelenruhig griff sie zwischen die lodernden Flammen, die offensichtlich magisch waren, und holte etwas heraus: eine alte, ziemlich verbeulte Reisetasche. Sie wirkte nicht gerade eindrucksvoll, doch Tilly hatte mittlerweile gelernt, dass die unscheinbarsten Dinge oft die zauberhaftesten waren.

»Was hat das zu bedeuten? Fahren wir zusammen weg?«, fragte sie, und ihr ganzer Körper kribbelte vor Aufregung.

Wilma zog noch sechs weitere Taschen aus dem Kamin, dann wischte sie sich die rußige Hand am Kittel ab und wandte sich zu ihren Schülern. »Die offizielle Version wird lauten, dass euer Naturkunde-Projekt ein voller Erfolg ist und deshalb fortgesetzt werden soll. Wo könnte man wohl besser verschiedene Gesteinsarten finden als auf einer dreitägigen Wandertour …?«

»Und was ist die inoffizielle Version?«, erkundigte sich Nico. Er starrte die Reisetaschen an, als wüsste er ganz genau, welche magischen Kräfte sie besaßen. Wahrscheinlich, dachte Tilly mit klopfendem Herzen, kannte er so etwas von den Entdeckungsreisen mit seinem Vater.

»Genaueres erzähle ich euch vor unserer Abreise am Montagmorgen«, sagte Wilma. »Aber in Wirklichkeit hat es natürlich mit magischen Gegenständen zu tun, die unsere Hilfe brauchen.«

Ihre letzten Worte gingen beinahe im allgemeinen Trubel unter. »Schon in drei Tagen!«, jubelte Bastian. Nico und Gabriel klatschten einander ab, und Lux, der sich aus Tillys Rucksack befreit hatte, sprang Funken sprühend zwischen den Kissen umher. Tilly musste sich sehr zusammenreißen, um nicht genauso wild durch die Gegend zu hopsen. Nur Pip wirkte nicht vollkommen zufrieden. Sie zog Tilly ein paar Schritte zur Seite und flüsterte ihr ins Ohr: »Clarissa darf mit, obwohl Wilma ahnt, dass sie das Lesewürmchen nicht selbst erschaffen hat! Total unfair, oder?«

»Macht aber nichts«, gab Tilly ebenso leise zurück. »Wilma hat doch gesagt, es geht um Wunderdinge, die unsere Hilfe brauchen. Da werden wir bestimmt wichtigere Probleme haben!«

»Du bist anscheinend noch nicht auf die Idee ge-

kommen, dass wir uns vielleicht ein Zimmer mit Clarissa teilen müssen«, sagte Pip mit Grabesstimme.

»Nein. Ich frage mich eher, ob wir in die Wüste reisen, an den Nordpol oder nach China.«

Pip gab ein gequältes Stöhnen von sich. »Stell dir doch nur mal vor: Clarissa von Rosenberg als erster Anblick nach dem Aufwachen!«

»Außerdem denke ich an neue magische Gegenstände und Abenteuer«, redete Tilly unbeirrt weiter.

»Notfalls lasse ich sie einfach unter Zapp verschwinden«, beschloss Pip. Dann wechselten die Freundinnen einen Blick, grinsten und legten einander die Arme um die Schultern. Tief in ihrem Inneren wussten sie ja, dass das alles keine Rolle spielte. Es war nicht wichtig, ob Clarissa mitkam, wo es hingehen sollte und was genau sie auf ihrer Reise zu erledigen hatten. Eines stand in jedem Fall fest: Es würde definitiv magisch werden.

Kira Gembri

Die Schule der Wunderdinge

Hokus Pokus Kerzenständer

Willkommen an der Schule der Wunderdinge! Hier erhält jedes Kind einen magischen Gegenstand, den es beschützen muss. Einen mechanischen Schmetterling, einen Zauberkompass, ja sogar einen Tarnumhang. Das kann nur ein wundersames Schuljahr werden! Doch als Tilly Bohnenstängel den Kerzenständer Lux überreicht bekommt, hält sich ihre Begeisterung in Grenzen. Denn Lux ist nicht nur frech, er kokelt auch alles an. Kaum, dass Tilly ihrem neuen magischen Freund näherkommt, passiert das Undenkbare: Lux ist verschwunden! Und der einzige Hinweis für Tilly und ihre Freunde Pip und Nico ist ein rauchig-kokeliges S-O-S!

Band 1
200 Seiten • Gebunden • ISBN 978-3-401-60574-6 • Auch als E-Book erhältlich • www.arena-verlag.de